サーチライトと誘蛾灯

櫻田智也

ホームレスを強制退去させた公園の治安を守るため、ボランティアで見回り隊が結成された。ある夜、見回り中の吉森は、公園にいた奇妙な来訪者たちを追いだす。ところが翌朝、そのうちのひとりが死体で発見された！　事件が気になる吉森に、公園で出会った昆虫オタクのとぼけた青年・魞沢《えりさわ》が、真相を解き明かす。観光地化に失敗した高原での密かな計画、〈ナナフシ〉というバーの常連客を襲った悲劇の謎。5つの事件の構図は、魞沢の名推理で鮮やかに反転する！　第10回ミステリーズ！新人賞を受賞した表題作を含む、軽快な筆致で描くミステリ連作集。

サーチライトと誘蛾灯

櫻 田 智 也

創元推理文庫

A SEARCHLIGHT AND A LIGHT TRAP

by

Tomoya Sakurada

2017

目次

サーチライトと誘蛾灯

サーチライトと誘蛾灯

バリバリと音をたて、小さな黒い塊《かたまり》が視界の隅を横切った。吉森《よしもり》はぎょっとして振り返り、塊が飛んでいった先へ反射的に懐中電灯を向けた。照らしだされたのは、ベンチで熱い抱擁《ほうよう》を交わす男女だった。

シラカシの葉が外灯の光を遮《さえぎ》り、夜なのに木陰ができていた。仕事帰りだろうか、男は脱いだスーツの上着をベンチの背もたれにかけ、ネクタイの首もとを少しだらしなくゆるめていた。女の服装は夏らしいノースリーブの白いブラウスに丈の短いスカートで、うしろでひとつにまとめられた髪が、顔を背《そむ》ける動きに合わせ馬の尻尾《しっぽ》のようにゆったりと揺れた。

予期せぬスポットライトに慌てた女は、男の陰に隠れようとして相手にきつく身を寄せた。男はそれを求愛行動と受けとったようで、余計にガッガッと彼女の身体《からだ》をまさぐりはじめた。

女は華奢《きゃしゃ》な肩を波打たせながら、

「ちがうってば。そうじゃなくて、あっち、あっち」

と、小声で男をたしなめる。

「どっち、こっち?」

「ばかっ！　あっちだってば」

顔をぐいと吉森のほうに向けられた男は、「おっ」といって眩《まぶ》しそうに目を細めた。だからといって怯《ひる》むことなく、

「おい、誰だ。なんのつもりだ！」

吉森を問いただす。焙煎《ばいせん》後のコーヒー豆そっくりに日焼けした男の顔が、光を反射してギラギラと輝いていた。

「いや、お取り込み中、失礼しました。しかしまあ、なんといいますか、その」

男の勢いに吉森は思わずうろたえた。

「お巡《まわ》りさん?」

「いえ、ちがいます」

「じゃあ覗きか。覗きだな。いい歳してなに考えてるんだ」

「とんでもない。定年後のボランティアで公園の見回りをしている者です」

吉森が『なかまちドングリ公園見回り隊』とプリントされた腕章をみせる。

「見回り隊がなんの用だ」

「なんの用って……」

男の態度をみて戦法を変えることにした。いつもはふたりでおこなうパトロールだったが、

一緒に回る予定だった相棒が風邪をひいて今日はひとりだ。男が腕力にうったえてきたら太刀《たち》打ちできる自信がない。

「なにぶん公共の場ですから、そういった行為はほかの場所でお願いできませんでしょうか。でないとわたしが叱られてしまうんです……」

ここいちばんの吉森の腰の低さには町内でも定評があった。すると、その横柄さは照れ隠しでもあったのか、ギラギラ顔の男は急にトーンを落とした。

「ふん……わかってますよ。ここは待ち合せに使っただけです。まあ、多少のフライングはありましたが、しかしご心配なく。つづきは別の場所に移動しておこなう予定です」

いわなくてもいいことを喋《しゃべ》る男に、女が下を向いたまま、「ばか」と呟《つぶや》く。

「そうですか。それならそれで、まあ、よろしくお願いします」

吉森が頭をさげる。

「ええ。いわれなくても、よろしくやるつもりですよ」

「ばか」

不敵に笑う男に促され、ベンチから立ちあがった女の顔が少しだけみえた。吉森の見立てでは、男の年齢が四十代後半であるのに対して女は二十代半《なか》ば。このあたりからも男のギラギラ具合がうかがえて、下半身も定年を迎えた感のある吉森は、なんだか打ちのめされたような気持ちになった。

男に肩を抱かれた女は、髪の束を小さく揺らしながら、男の首のあたりに鼻をこすりつけた。ふたりの退場を見届けた吉森は、先刻まで我慢できていたはずの蒸し暑さに急に苛立ち、意味もなく懐中電灯を振り回しながらパトロールをつづけた。

ドングリ公園は旧市庁舎の跡地を緑化して三十年前につくられた。上からみると正方形に近い形をしていて、名前は可愛いが周囲八百メートルほどのひろさがある。敷地は人の背丈ほどの鉄柵で囲われているが、西側の一辺だけはレンガの塀になっていた。往時をしのばせる建造物として、それだけが残されたのだ。柵には南北と東の三箇所に切れ目があり、そこが公園の出入口だった。吉森はいつも北口から入り、時計回りに園内を一周することにしていた。

柵と塀の内側には、やはり公園を囲むようにしてドウダンツツジの生垣がつくられている。背の高い樹ではないが、公園の敷地自体が周りの道路より一段高くなっている関係で、外からの視線を遮る役目を果たしていた。

吉森は南口の近くにひとつだけある小さなトイレに入った。先日、園内で禁止されている花火の燃え殻が大量に捨てられていた。ボヤでもでたら大事《おおごと》だ。声をかけながら個室のなかまで確認する。よし今日も異状なし……と、トイレからでて西の塀に目を向けたとき、妙な動きをしている人間に気づいた。

大きな白いシートをひろげ、合掌組み——要は山形屋根の形に立てた細い支柱にそれをかぶせようとしているらしい。男が布をかけると骨組が倒れ、倒れた骨組を立てなおすあいだに布が足に絡みついて今度は自分が転びそうになっている。その姿を外灯が照らしていて間抜けさが際立った。

作業をしているのは若い男だった。吉森はゆっくり近づいてみる。フンフンと鼻息ばかりが荒く、仕事はちっともはかどっていない。その顔がまったくギラギラしていないことに安心した吉森は、ひとつ咳払《せきばら》いをした。

「ちょっと君、こんな時間になにをしているんだね」

声をかけられた男は、「わっ」と叫んで大袈裟《おおげさ》に身体を震わせた。吉森をみるなり口をパクパクさせてなにか喋ろうとするものの、肝心の言葉がひとつもでてこない。ちょっと気の毒なくらいに動揺しているのだが、いっぽうで作業を中断するつもりはないらしく、視線は吉森に向けつつ、布を支柱にそっと引っかけたりしている。呆れた吉森が、

「こら君、その手をとめなさい！」

大声をだした瞬間、男は布をばさりと地面に落とし、ゆっくりと両手をあげた。

「いやいや、手はあげなくていい。おろしなさい、おろしなさい」

「お巡りさんではないんですね」

「公園の見回りだ」

「ほっとしました」

男はおろした手を胸にあて弱々しく微笑《ほほえ》んだ。布を拾ってたたみ、支柱を束ねて小脇に抱え

た。回収作業はやけに手際がよい。やがて「よし」と小声で呟くと、男はあらためて吉森のほうをみて、

「では、おやすみなさい」

そういって、軽く会釈《えしやく》をして歩きだした。吉森は驚いて、

「待ちなさい！　誰が帰っていいといったんだ」

男を呼びとめた。

「なんていうか君は……ちょっとびっくりするタイプだな」

「あがり症でして」

男は頭をかいた。手荷物が多いのでかきづらそうだ。

「そういう言葉で片づけていいのかな。で、いったいここでなにをしてたんだね」

「ちょっと噂に聞きまして……」

その返事に、吉森は「やっぱりそうか」と合点した。

「いいかね、以前はふざけて『聖地』なんて呼ぶ人もいたけれど、ここはもう、そういう場所じゃないんだよ。市も住民も地域の警察も、ずいぶん手を焼いたもんだが……」

男はキョトンとしている。

「なにも警察が手を焼くようなことじゃないでしょう」

「わたしも本来はそうだと思うがね。ただ、まるで自分たちの庭であるかのように公園を占拠

した君のお仲間がいけなかった。公共の意味を履きちがえとるんだな」

いいながら吉森は、ベンチで抱擁する男女を思いだして苦々しい気分になった。

「占拠ですって？　そんなにたくさんの人が押し寄せたんですか」

「だからわざわざ条例までつくったんだ」

「条例！　条例なんていつの間にできたんですか」

「ふた月ほど前だ」

「ふた月？　まだ六月の話じゃないですか」

「暑くなる前にやってしまいたかったからね」

「そんな時期にやってきて、その人たちはなにをしてたんですか」

「もちろん住みついてたんだよ」

「住みついてた？　六月に？　え、それはヨウチュウの話ですか？」

「そう、要注意だったんだ」

「ヨウチュウがいたってことは……なるほど去年の時点ですでにこの公園にやってきていたと」

「去年どころじゃない」

「いや待てよ……六月というと、時期的にはサナギなのかな」

「お、草薙《くさなぎ》の名前をだしたな。やっぱり仲間か。以前もここにきていたのか？」

「いえいえ、ぼくは今日がはじめてです。それにしても、よく知られた場所だったんですね」

「有名な場所だよ。とぼけるんじゃない」

「とぼけてないです。ここ二週間くらいでひろまった噂だと思っていましたから」

「二週間？　なにをいってるんだ。強制退去は六月の末だ。一か月以上経っている」

「街なかの公園にカブトムシがいるのはめずらしいですから、人が集まってもおかしくはないですが……それにしても条例だの退去だの、ずいぶん穏やかじゃないですねえ」

「そこまでしないといけないくらいの無法地帯になってたんだこの公園は……カブトムシ？」

そう聞こえた気がする。

「でも、見回りさん」

「お巡りさんみたいに呼ぶんじゃない」

「虫好きの人たちをそこまで迫害するというのもあんまりじゃないですかね。そりゃ節度は必要ですけれども、乱暴すぎやしませんか」

「ちょっと待て」

「まさかぼくは逮捕されるんですか。まだ一匹もつかまえてないのに」

「待てといってるんだ。君はさっきからなんの話をしてるんだ」

「ですから、条例のことを知らなかったので、今回だけはカブトムシを採ろうとしていたことは見逃してくださいとお願いしてるんです」

「そんなことは訊いてない。この公園での寝泊りは禁じられていると説明してるんだ。わたしらは、ホームレスが住みつかないよう毎日こうして見回っている」

「ホームレス！　ホームレスとカブトムシにホームレスとカブトムシになんの関係があるんですか！」

「それはこっちの質問だ。さっきからカブトムシにカブトムシカブトムシって、なんなんだ君は。これ以上わけのわからんことをいうと、ほんとうに通報するぞ」

「もしかして、ぼくをホームレスだと思ってるんですか？」

「ちがうのか」

「ぼくのどこがホームレスなんですか！」

「どこがもなにも、いまそこにテントを張ろうとしてたじゃないか」

「ああ！　なんてことだ」

男は困ったような、それでいて納得したような微妙な表情を浮かべて天を仰《あお》ぎ、

「状況が飲み込めた気がします」

軽くうなだれた。

やっと観念したか。吉森はそう判断し、ズボンのポケットからペンとメモ帳をとりだした。

「いちおう控えさせてもらうからね。名前はなんていうの？」

「えりさわです」

「エリサワ……どんな字かね」

「魚偏に入るで、エリ」

「魞《えり》?」

「サワはサンズイの沢《さわ》です。簡単なほうの沢」

「魞沢……めずらしい名前だな。下は?」

「せん、です」

「セン……鮮魚の鮮か。魚だらけだな」

「ちがいます。泉と書いてセンです」

魞沢は憤慨したようだった。

「魚に沢に泉。水気の多い名前だな」

「ぼくもそう思います」

「職業は」

「貴族です」

吉森のペンがとまった。

「……貴族?」

「はい……独身貴族です」

吉森はあらためて驚いた。なんとこの状況で冗談をいったのだ。

「なんていうか君は……ちょっとすごいな」

「えへ。そんなことないです」

すごいといわれて嬉しそうな顔をしている。

「あのね、誉《ほ》めてないよ。もういい、無職ね」

「無職というわけでは……」

「で、ここでなにをしようとしてたの。何度も訊いてるけど」

吉森は帽子をとって汗を拭《ぬぐ》った。

「ですから、カブトムシを採集しようとしてたんですよ。何度もいってますけど」

鮎沢も真似して汗を拭《ふ》いた。

「嘘をつくんじゃない。それのどこが虫採りなんだ。ここにテントを張って寝ようとしてたんだろ！」

吉森は、鮎沢が抱えている布と支柱を指さした。

「誤解です。ぼくはキャンプをしにきたんじゃありません。これはテントではなく、カブトムシを誘引するための道具なんです」

「どういうことだ」

「カブトムシはご存じのとおり夜行性ですが……」

「そんなこと知らないよ」

「ええっ！　まいったなあ、話がぜんぜん進まない」

「それはこっちの台詞《せりふ》だ」

「夜に動き回る彼らは光に引き寄せられる習性があるので、こういう白いシートに光を反射させると、明るさに誘われて飛んでくるんです。飛んできた虫は布にぶつかって地面に落ちるので、そこをひょいと拾いあげます」

鯱沢は、ひょいと拾う仕草をした。

「飛んでくるって、近くの山からここまでどれだけあると思ってるんだ」

「だから、めずらしいって話題になってるんですよ。でも、彼らが一夜のうちに数キロを飛行するというデータはちゃんと存在するんです」

「どこに」

「岡山のオダマンナ斎藤《さいとう》さんのブログにですよ」

「オダマンナサ……なに？」

「ハンドルネームです」

「君のいうことはいちいち意味がわからん」

呆れながらも吉森は、先刻視界の隅を横切った黒い塊のことを思いだしていた。もしかしたらあれはカブトムシだったのだろうか。

「わかってもらえましたか」

「怪しいんだよなあ、君」

「そんなことないですよ」

鮲沢は、子どものようにぷうっと頬をふくらませた。

「もしかして……わたしをバカにしてないだろうね」

「めっそうもないです。そんなことより見回りさん」

「だからお巡りさんみたいに呼ぶんじゃない」

「じゃあ、おじいさん」

「誰がおじいさんだ。ちゃんと吉森という名前がある」

「では吉森さん、この公園は、みたところ新しい立派な外灯がありますが」

「ホームレスの強制退去をやってから整備されたんだ。明るいほうが連中も近寄りづらいだろうということでな」

市は都市公園法および行政代執行法に基づいて、行政代執行に踏み切った。無許可で工作物を設置したとして、ホームレスのテントやダンボール小屋、生活道具などを公園から一掃したのだ。執行直前に公園条例を改正し、居住禁止の条項を追加して撤去の根拠をつよめる念の入れようだった。

結果、追いだされたホームレスたちがどうなったかといえば、駅前や繁華街の通りに住処《すみか》を移し、かえって人目につくようになった。そのため、以前より町内の治安が悪化したように感じるという懸念が囁《ささや》かれた。

とはいえ、せっかくきれいになった公園にふたたびホームレスを戻すわけにはいかないと、市は外灯を増設した。公園のある中町では吉森らシニア世代の有志が集まってパトロール隊を結成し、ふたりひと組の当番制で午前七時と午後九時の朝晩二回、見回りをおこなうようにした。夜はもっと遅いほうがよいのではという意見もあったが、年寄りが深夜に歩くのは危険だし、そもそも起きていられないという理由でこの時間に落ちついた。いっぽう朝はどんどんはやくなる傾向がある。

「なるほど。それで今年から急にカブトムシが飛来するようになったのかもしれませんね」

「こんな外灯くらいでか？」

「外灯だけじゃなく、この公園には名前のとおり立派なドングリの樹がありますから。これは、カシの樹ですよね？」

「シラカシだ」

帽子の部分に縞《しま》の入った、可愛いドングリが実る。市庁舎だった当時から植えられている樹も多く、木陰は昼休みの会社員にも人気の場所だ。

「樹液はカブトムシの好物ですから」

鮴沢は細長い葉が幾重にも生い茂るシラカシをみあげ、嬉しそうにいった。

「カブトムシねえ」

吉森は納得しかけて、ふと先ほどのやりとりを思いだした。

「待てよ。君、ホームレスじゃないといいながら、草薙を知っていたな」

「誰ですか？　知りませんよ」

「ごまかすな。さっき口にしてただろう。ここに住みついていた連中のひとりだ」

草薙は三年前まで高校で美術を教えていたが、心労が原因で学校をやめた。新しい職に就くことができず、妻にも捨てられ路上生活者に身を落としたと噂されている。しかし、その暮しが彼の性には合ったようだ。元教師という理由からか、人柄によるものなのか、ホームレス仲間から「先生」と呼ばれ妙に慕われている。いつも身綺麗にしているのは、「生徒」の非礼を詫《わ》びる機会が多いかららしい。根がマジメなのだ。

「いまでは路上で一枚千円の似顔絵を描いて売っている」

「芸術家らしくて、いいじゃないですか」

「悠々自適の生活というわけだ」

いったあとで、深夜に路上で寝ていた草薙が熱中症になって運ばれたことを思いだした。ひと月ほど前のことだ。心労からは解放されたものの、身体が犠牲になっているのだろう。まだ五十代だと聞いたが。

「で、そのボヘミアンなかたの名前をぼくが喋ったというんですか？」

「喋っただろ」

「いってませんよ」

「ううん……まあいい。今夜はそういうことにしておこう。ただね、紛らわしいからそのヘンテコな採集方法はなんとかしなさい。公園で流行《はや》ったら困るから」

鮍沢はぺこりと頭をさげた。

「見回りのおかげで公園の治安が保たれているわけですね。どうりで駅前にホームレスのかたが溢れていると思いました」

「厭《いや》ないいかたをするな」

たしかにこの何週間か、駅前や繁華街の路上にたむろする連中の数が一段と増えた気がしていた。反対に、公園の周囲では彼らをほとんどみかけなくなった。寝泊りは禁じても、立ち入りまで制限しているわけではない。トイレの洗面台は、彼らの貴重な水源でもあったはずだが……そんなことを考えていると、鮍沢が突然「あはは」と笑った。

「いやあ、さっき注意してきた人にも、ホームレスだと勘違いされてたのかなあ」

「なんだ、わたしの前にも誰かに注意されたのか」

「ええ。ここはダメだからほかの場所をさがすよう、きつくいわれました。その人とは結局話が嚙み合わないまま終わっちゃったんです。吉森さんのお仲間ですかね。あとで事情を伝えておいてもらえませんか」

相棒が風邪をおしてやってきたのだろうか。

「太っていたか」

「痩《や》せていました」

ではちがう。相棒は洋ナシみたいな体形だ。

「まあとにかく迷惑はかけないことだ」

「気をつけます」

「さて、いくぞ。出口まで送っていこう」

「ええ？　ひとりで帰りますよ」

「いや、ちゃんと公園をでていくところまで見届ける」

吉森が北の方角へいこうとすると、魞沢が「あのう」といってトイレの近くにある南側の出入口に目をやった。

「あっちのほうが近いですけど」

「まだパトロールが途中なんだ。北口までいって、そこからわたしと一緒にでてもらう」

魞沢は至って不服そうだ。

「そもそもどうしてぼくは公園をでていかなくちゃならないんですかね」

「なんとなく風紀を乱しかねないからだ」

「そんなぼんやりした理由で！」

「わたしは君の説明を完全に信用したわけじゃない。ドングリ公園見回り隊のメンバーとして、警戒の手をゆるめるわけにはいかん」

吉森は渋る鯱沢をつれて歩きだした。

「だいたい、いい大人がカブトムシなんかに夢中になること自体、どうかしてると思うがね……」

途中で説教をはじめたが、返事がない。横をみると鯱沢の姿が消えている。一瞬「逃げられた」と焦ったが、少し後方で彼がシラカシの幹に抱きついているのがみえた。

「おいこら、今度はなにをしてるんだ」

大声で呼びかける。

「樹を揺らしています。カブトムシが落ちてこないかと思って」

「またカブトムシ！　少しは人の話を聞いたらどうなんだ」

吉森が怒鳴ると、鯱沢は「また怒られた」とかいいながら走ってきた。

「君はどうかしてるんじゃないか」

吉森の問いかけにも、鯱沢はあくまで自分のペースだ。

「ところで吉森さんは、今日の月の形を知っていますか？」

唐突な質問に吉森は戸惑う。

「月の形……さて？」

夜空を仰いだ吉森は、やがて爪の先のように細く白い月をみつけた。

「こういう月の欠けた夜のほうが、光をつかった採集に向いているんです。逆に満月の夜は、虫たちが月を目指して飛行するので、外灯には集まりづらいといわれています」

「なるほどね……って、わたしはそういうことに興味がないんだよ」

吉森の一喝に、魞沢は「ですよね」と首をすくめた。

「それにしても熱帯夜をやりすごすにはいい場所ですね。土と芝生だから熱がこもらないし、休憩用のベンチも置かれていますから、散歩にはもってこいです」

「居心地がいいから住みつく人間がいる」

「やはり迷惑なものですか」

「いろいろ拾ってきては自分の持ち物にするから、公園の一角がゴミ捨て場みたいになる。子どものいる家庭から、不安で遊ばせられないと苦情がくる」

「ほう」

「ひとりのホームレスの侵入を許すとあっという間に仲間が増える。小さな芽を摘《つ》んでおくことが大切だ。虫採りだって網を振るくらいならかまわないが、注意しておかないと仲間を引きつれて押し寄せるかもしれないからな。そのうち酒でも飲んで朝までそのへんで寝転がられたんじゃ、ホームレスと変わらん」

「たとえば、あの人のようにですか?」

魞沢が生垣を指さした。

「そうだ。あんなふうに寝られたりすると非常に困るん……なんだって?」

ドウダンツツジの根もとに下半身をもぐり込ませ、うつ伏せで倒れている男の姿があった。伸びた右手にビールの缶が握られている。

「あれは……君のお友だちか」

吉森が鯱沢に訊《たず》ねる。

「いえ、知りません」

「地面を直接覗き込むっていうカブトムシの採りかたはあるのか」

「さあ、聞いたことないです」

「死んでないだろうな」

「かすかに鼾《いびき》の音が聞こえます」

「じゃあ、今度こそ風紀を乱す輩《やから》かもしれんな」

吉森は懐中電灯を向けながら男に近づいた。急に襲ってきたら目をくらませてやろうと考えていた。

「もしもし、すみませんが起きてもらえますか」

吉森の呼びかけに対し、黒いポロシャツを着た男が「むにゃ」とこたえる。

「むにゃじゃなくて。こんなところで寝られると困るんですよ」

「むにゃ。寝てなんかいませんよぼくは。寝てなんか……寝て……寝てた！」

男が腕立て伏せをするように上半身をもちあげた途端、ドウダンツツジの枝が身体に刺さったらしく、「ぎゃっ」と悲鳴をあげた。

「しまった。寝てしまった。どうしましょう」

ポロシャツが訊ねる。

「帰っていただければ結構です」

吉森はつとめて平静にこたえた。

「手ぶらで帰るわけにはいかないんだけどなあ」

「そうね。ちゃんとビールの空《あ》き缶をもって帰ってください」

「まいったなあ。ビールなんて飲むんじゃなかった」

吉森のいうことを聞いているようで聞いていない。

「いいですねえ、それ。ぼくもほしいんですよ」

唐突に鮎沢が男に声をかけた。

「あ、これですか？　ふふふ。いいでしょう」

ポロシャツは、首からさげた一眼レフのデジタルカメラを自慢げに構えてみせた。吉森は、わざわざそれを懐中電灯で照らした。

「夜の公園でなにを撮影するんだ」

「それはいえません」

ポロシャツがきっぱりという。

「いえないだと？　怪しいな。おたく名前は？」

「とまりです」

「とまり？　やっぱりここに寝泊りするつもりだったか」

「なんの話ですか。名前ですよ。宿泊の泊と書いてトマリだといってるんです」

「ややこしいな。職業は」

「探偵です」

「探偵？」

「私立探偵です」

「探偵がここでなにを……」

吉森がつづけて質問しようとするのを、泊は左手を前に突きだして遮った。

「申し訳ありませんが、われわれの仕事には守秘義務がありますのでこれ以上は」

仕事中にビールを飲んで寝てしまうような探偵がなにを偉そうにいっているのか。吉森は腹を立てた。

「ところでおじいさん」

「誰がおじいさんだ。どいつもこいつも」

「あなたは公園のパトロールをされているかたで、わたしをホームレスだと勘違いして公園から追いだそうとしているのではないですか。いやいや、驚かないでください。あなたの言動をもとにした簡単な推理ですよ」

「別に驚いてなんかない。わかってるならさっさと帰ってくれないか」

「わたしの推理によれば、あなたが対決すべき相手はずっと以前から、あなたのすぐ近くにいたはずなんですがね」

どうして今日はおかしな人間が集まってくるのか。

「まだ酔ってるのか、あんた」

「ご覧なさい。あなたの相棒は、すでにその手がかりを得たようですよ！」

「相棒？」

振り返ると少し離れたところで、円柱形の御影《みかげ》石の腰掛けに、鮎沢がちょこんと座っていた。布と支柱は芝生の上に置かれている。

「相棒って、あいつのことか？　冗談じゃない。あんな間抜けな顔でヤカンなんかもった男がわたしのあいぼ……ヤカン？」

鮎沢の膝には、ヤカンがのっていた。

「おい、どこにそんなもの隠してたんだ。どうしてヤカンなんて……さては、やっぱりここで野宿するつもりだったな！」

吉森がえらい剣幕で怒りだしたので、鮎沢は弾かれたように立ちあがった。

「ちがいますよ。カブトムシの代わりに拾ったんです」

とぼけた回答が吉森の怒りに油をそそいだ。

「そんなものがカブトムシの代わりに樹にとまってるはずあるか！」

泊が吉森の肩をぽんぽんと叩く。

「おじいさん、血圧が」

「とっくに上昇しとるよ！」

「あなたは今日の月の形を知っていますか」

ついさっき同じことを訊かれたような気がする。

「いいですかおじいさん、こたえはそこにあるのです！」

泊が夜空を指さすのと同時に、

「さっさと公園からでていけ！」

吉森の怒号が公園に響きわたった。

ようやくふたりのおかしな男を公園から追い払った吉森は、頭のなかがすっかり火照《ほて》っていた。帰宅して、冷蔵庫で冷やしてあった大玉のスイカを、ひとりで半分食べてしまった。

泊の死体が公園で発見されたのは、翌朝のことだった。

　スイカのおかげで吉森は何度もトイレに目覚め、よく眠れなかった。諦《あきら》めてもう起きようと携帯電話をみると、見回り隊の隊長からメールが届いていた。朝のパトロール中に公園で死体をみつけて警察に通報したという。届いた時間をみると午前五時だった。死体のことも驚いたが、そんな時間に巡回していたことにも驚いた。もう一時間以上経っている。吉森は慌てて着替えを済ませ家を飛びだした。

公園は立ち入り禁止になっていた。七時前だというのに、周りにはちょっとした人だかりができている。柵の隙間からは生垣が邪魔でなかがよくみえない。メールを返信し、東口のあたりで背伸びをして園内を覗いていると、吉森に気づいた隊長が近くにいた刑事になにか話したあとで、大きく手招きをした。

「昨夜、ここの見回りを担当していた吉森さんです」

隊長の紹介に、鼻の大きな刑事が軽く頭をさげた。

「少しばかりお話を、いいですか?」

「ええ、もちろんです」

三人は西の塀のそばまで移動した。

「おおい、ちょっと写真みせて」

刑事が鑑識員を呼ぶ。

「ええと、吉森さん、心臓はつよいほうで?」

「はあ。弱くはないと思いますが」

「亡くなっていたかたの写真なんですが、みていただいてもいいですかね。ちょっと君、画像だしてもらえる?」

鑑識員は、もっていたカメラを刑事に手渡した。

「あ、もうでてるの? これ、吉森さん、この人なんですが……」

死体の顔写真をみせられた吉森は、思わず「あっ」と叫んだ。自称探偵の泊にちがいなかった。

「ご存じですか」

「昨夜、ここで会いました」

吉森は、泊が生垣のなかで寝ていたので注意したことを伝えた。

「おひとりでパトロールを?」

「ふだんはふたりです。一緒に回る予定だった人が風邪をひきまして」

誰か呼べばよかったのにと隊長が横で文句をいった。

「あなたが泊さんと会ったのは何時頃でしたか」

吉森は記憶をたどる。

「公園を四分の三周ほどした頃でしたから二十一時半……いや、いつもより時間がかかったから、二十二時近かったかなあ」

「いつもより時間がかかったというのは?」

刑事の質問に吉森はちょっと思案し、

「ゴミを拾ったり、そういうことを念入りにしたものですから」

と、なんとなくごまかした。刑事が鼻をちょいといじった。

「あなたと話したあと、泊さんは？」

「公園をでて、彼は駅に向かっていきました」

「その泊さんがここで死んでいたということは、あなたと別れてから、また戻ってきたということになります。なにか心当りは」

「さあ……あの、刑事さんがこうやって調べているということは、もしかして泊さんは、その、誰かに……」

吉森の質問に刑事はちょっと困った顔をした。

「詳しく調べているところですが、泊さんはそこにある石の腰掛けに頭を打ちつけ、それが原因で亡くなったようです。しかし死体が発見されたのは、腰掛けから二十メートルほど離れた、塀寄りの生垣のなかでした」

刑事は、御影石の円柱と、西のレンガ塀沿いに植えられたドウダンツツジを指さしながら説明する。

「先ほどあなたが、泊さんが寝ていた場所だと教えてくれた、ちょうどそのあたりに死体は横たわっていました。ほぼ全身が生垣の下に隠れた状態で。傷を負った泊さんがなにかの理由で自ら移動したのかもしれませんが、誰かがそこまで死体を動かしたという可能性もあります。

どうでしょう？　見回り中に怪しい人物をみかけたりはしませんでしたか」

怪しいといわれ、まず死んだ泊その人が思い浮かんだ。そしてもうひとり、カブトムシを採りにきたという男の顔がよぎる。しかし吉森は、なんとなく黙っていることにした。変わり者ではあったが、人を殺したり、死体を引きずったりするのは似合いそうにない。

「なにか思いだしたらご連絡します」

「よろしくお願いします。ところで昨夜、泊さんがカメラをもっていたことにはお気づきですか」

「ええ。自慢げでした」

「撮影はしていましたか」

「していたんじゃないでしょうか？　実際に撮ってるところをみたわけじゃないですが」

「じつは、カメラにメモリーカードが入っていなかったんです」

「カード……ああ、デジカメのフィルムのことですな」

「泊さんのカメラは本体にデータを保存できないタイプのものでした。つまりメモリーカードが入っていない状態では撮影できないのです」

「誰かがカードを抜きとったということですか？」

「かもしれない、ということです」

刑事が鼻をちょいちょいと二回いじった。

そうであれば、なるほどただの転倒事故とは思えない。死体を移動させた人物は、死の原因そのものに深く関わっていた可能性がある……吉森は泊の背後に迫る何者かの黒い影を想像し、小さく身震いした。

「ところで吉森さん、最近、彼らのほうはどうですか」

「彼ら？」

「ホームレスの連中です」

「ああ。わたしら見回り隊が朝と夜のパトロールを欠かしませんから、この頃は公園に近寄ってもきません」

「そうですか。いや、ちょっと気になるものですから」

「気になるといいますと」

「彼らは、なにかとトラブルの種です。些細《ささい》なことから、大きな揉めごとに発展しないともかぎりません」

刑事はそういうと鼻を三回いじり、くしゃみをした。

吉森は帰宅して朝食をとった。午後から見回り隊の緊急ミーティングにでかけ、またそこで昨夜のことをあれこれ訊かれた。話し疲れて、気づけば夕方だった。あとは酒を飲んで寝るばかりだ。スイカが半分残っていたが、やめておいた。今夜はぐっすり眠りたかった。

翌日、吉森は血圧の薬をもらいに朝いちばんで病院へいき、そのあとで公園に立ち寄ってみた。警察による立ち入り禁止は解かれたものの、管理する市の方針によって事件が解決するまでは閉園とされた。閉園といっても、鉄柵の切れ目に鎖が何本か渡されているだけで、その気になれば容易に入ることができる。しかし見回り隊がルールを破るわけにはいかないので、周囲の道路をぐるりと歩くことにした。

パトロールのときと同じように、北側から時計回りで一周する。ときどき柵と生垣越しになかの様子を覗く。いつもの公園がそこにあった。西側の通りまでくると、柵が塀に変わり園内はみえなくなる。生垣は塀の内側にもつづいている。

吉森は塀の真ん中くらいまで歩いてきて立ちどまった。レンガの向こうの景色を思い浮かべる。泊が倒れていたのは、ちょうどこのあたりではないか。その二十メートルほど先には、立派なシラカシの樹があるはずだ。樹の下には御影石の腰掛けがあって、泊はそれに頭を打ったのだという。そういえば、自分と泊が話しているときに鮲沢が石に腰掛けていた。

吉森は結局公園を二周し、その途中でふたりのホームレスとすれちがった。ここ何週間か、なぜか公園の近くでみかけることがなかったので、吉森は意外に感じた。事件現場の見物だろうか。彼らはいずれも背中を丸め、道の端っこを歩いていた。すれちがってから、ふたりとも同じような紙を手にし、それを眺めながら歩いていたことに思い至った。

（はて、ホームレス向けのバーゲンセールでもやっているのだろうか）

吉森は自分の考えた冗談をおもしろいと感じ、ひとりで「はは」と笑った。

北口の前まで戻ってきて、しばらく立ちどまる。これ以上することがあるわけではない。しかし、なぜか公園から離れがたい気分になっていた。もしかしたら鮎沢が姿をみせるのではないか、そんなことを考えていた。

さらに十五分ほどぶらぶらした。携帯電話をみると正午を過ぎている。軽くため息をついて、今度は自分と別れた泊が向かった駅のほうへいってみることにした。事件のことを考えながら歩いていたら、なにかに身体をぶつけ、ガシャガシャチリンと大きな音が鳴った。我に返った吉森は、自分が自転車の列に突っ込んでいたことに気づいた。

駅前の路上に何十台と駐輪された自転車のなか、ぽっかり空いたスペースに陣どって、数人のホームレスが小さな宴を開《ひら》いていた。昼間からビールとワンカップで盛りあがっている。これでは一部の住民から、「公園にいてくれたほうがマシだった」と皮肉をいわれるのもうなずける。

吉森はひとこと文句をいってやろうと近づいた。そして、いちばんはしゃいでいる男の顔をみてひっくり返りそうになった。

鮎沢だ。

缶ビールを片手に、長さのちがう二本の割箸で、大和煮《やまとに》の缶詰を白髭《しらひげ》の老人とつつき合っている。吉森は裏切られたような気持ちになり、怒りがこみあげてきた。高く足音を鳴らしなが

らその一団に近づき、

「君はやっぱり嘘をついていたんだな！」

大声で怒鳴りつける。魞沢どころかほかのホームレスたちまで座ったまま飛び跳ねた。

「わわわ、おじい……じゃない、吉森さんじゃないですか。なんとまあ今日も暑いですが、またえらい剣幕でどうしたんですか」

魞沢は目を白黒させながら、立ちあがろうかどうしようか迷っている様子で、腰を中途半端に浮かせた。そのいっぽうで、大和煮をつまむのをやめるつもりはないらしく、おろおろしながらも箸の先で缶詰の肉をさぐっている。

「食べるのをやめたらどうなんだ！」

いわれて箸を置いた魞沢は、小声で白髭の老人に、「大和煮、半分ぼくのですからね」と、念をおした。

立ちあがった魞沢は、

「ドングリ公園で事件がありましたね」

あっけらかんとしている。

「わたしがバカだった。一昨日《おととい》の夜、君が公園にいたと警察に伝えよう。あの刑事は、ホームレスを疑っているようだったからな」

吉森が魞沢に告げる。

「ですからぼくは、カブトムシをつかまえにいっただけで……」

「この期に及んでまだそんな弁解をする気か。いまの状況をどう説明するんだ。大和煮をチラチラみるんじゃない！」

「たしかに意気投合してすっかりお友だちになってしまいましたが」

「わたしが追いだしたあと、泊と一緒に公園に戻ってきたのか？」

「吉森さん、ここじゃなんですから、公園にいって話しませんか」

「まだ立ち入り禁止だ」

「なにいってるんですか！　こっそり入ればわかりませんよ。ぼくなんて昨日もいってきましたから」

「勝手に入ったのか」

おまえこそなにいってるんだと、吉森は呆れた。

「ちゃんと警察の仕事が終わったのを確認してからですよ」

「だからって、いいわけないだろ」

「とにかくいきましょう。公園のほうが、いろいろ説明しやすいと思うんです」

「いったらちゃんと話すんだな」

「万が一誰かにみつかったら、『俺は見回り隊だから特別の許可をもらっている』って、いってくださいよ」

「わたしを盾につかうんじゃない」

鯱沢は「それじゃあまた」とホームレスたちに手を振り、ずんずん歩きだした。公園までやってきたふたりは、周囲をうかがいながら園内に忍び込む。

自分たちのほかに誰もいない公園。ホームレスの集団のなかに鯱沢をみつけたときは、やはり事件に関わっているのではないかと怪しんだ。しかし、ふたりで歩いているうちに、その考えはまた変わっていた。とぼけた横顔をみればみるほど、この男にできそうな犯罪といったら、せいぜい立ち入り禁止の公園に侵入することくらいだろうと思えてくる。

「ところで吉森さん、ティッシュをもっていませんか」

「どうした?」

「鼻水が」

そういえばなんとなく鼻声だ。この暑いなか、風呂にも入っていないだろう連中に囲まれてよく平気なものだと思ってはいたが。

「ゆうべ、あまりに寝苦しかったので冷房の効いたコンビニを梯子《はしご》していたら、風邪をひきました」

夜中にふらふらとコンビニエンスストアを渡り歩く鯱沢のほうが、カブトムシよりよっぽど虫っぽく思える。この男の話を聞くのは時間の無駄のような気がしてきた。

「さて、このあたりだな」

ふたりは御影石の腰掛けのところまでやってきた。吉森がしゃがんで芝生の表面を掌で撫でる。鱫沢が目を輝かせた。

「虫でもいましたか」

「ちがう、カードをさがしている」

「カード?」

「メモリーなんちゃらカードだ。死体がもっていたカメラに、それが入っていなかったらしい」

「そうですか」

鱫沢はうなずいたが、だからといって手伝おうとはしない。

「ないな」

「ないですか」

「さて……」

立ちあがった吉森は鱫沢を睨《にら》みつけた。

「なにから説明しましょう」

鱫沢が微笑む。

「結局のところ君は、ホームレスなのか、ちがうのか」

「残念ながら、ちがいます」

きっぱりという。

「ではなぜ、連中と一緒にあんな場所で大和煮を食ってたんだ」

「お礼をいいにいったら食事に誘われたんです」

「なんの礼だ」

「人をさがしていました。それで、あのかたたちに居場所を訊ねたんです。その後、無事に会うことができたので、そのお礼です」

「誰をさがしてたんだ」

「泊さんの死体を動かした人物です」

「なんだって！」

吉森の大声に驚いたのか、雀《すずめ》が生垣のなかからチュンチュンと飛び立った。

「しいっ！　吉森さん、公園に侵入していることがバレます」

魞沢にたしなめられたことに、釈然としない気持ちになる。

「君はあの夜、死体を生垣まで移動させた人間をみていたのか？」

「いいえ、みてはいません。ぼくは泊さんのように公園に戻ってはきませんでしたから。ただ心当りがあっただけです」

「心当り？　どういうことだ」

「この公園に寝泊りしていた人物が、死体が発見されたのを境に、きれいさっぱり引っ越しを済ませていたんです。あまりにタイミングがよかったので、その人が事件に関わっているかもしれないと考えました」

「ちょっと待て。公園に寝泊りだと」

聞き捨てならない。見回り隊の日に二回のパトロールがそんなことを許してはいないはずだし、苦情だって耳にしていない。

「バカなことをいうな。怪しい人間といえば君くらいなもんだ」

すると鮎沢は、すっと空を指さした。

「今日はまだ、月はみえませんが」

「また月の話か」

「泊さんもこうして空を指さしていました」

「ああ、憶えている。変わり者どうし、月の形がどうとか、いうことまで似ていると思った。それがなんだ」

苛立ちを隠さない吉森に、鮎沢は笑みを浮かべた。

「泊さんのは、ヒントだったんですよ」

「ヒントだと」

「上ですよ、上」

「上?」

「その人は、樹の枝をベッドに、葉を枕にしていました」

「枝に葉？」

「はい。死体を動かした人物は、このシラカシの枝葉を、ねぐらにしていたんです」

「シラカシを……ねぐらだと」

吉森は樹をみあげた。

「ぼくはあの夜、吉森さんと泊さんの会話を、途中からこの石に座って聞いていました」

泊の命を奪った腰掛けに、鮎沢はそっと触れた。

「でも、やっぱりどうしてもカブトムシのことが気になってしまい、つい、そばにあったこのシラカシの樹を揺らしてみたんです」

そんなふうにカブトムシを採ろうとしていた彼の姿を、吉森は思いだした。

「そうしたら、落ちてきたのはカブトムシではなくヤカンでした。ぼくは驚いて、よくよく目をこらし樹の上をみました。すると、紐で枝に結びつけられた鍋や、ハンガーに吊るされたタオルなんかが葉の隙間から覗いていたんです。それですぐに、『ああ、誰かがあそこに住んでいるんだな』と、合点しました」

「人もいたのか」

「枝のなかはさすがに暗かったので全体がみえたわけではありませんが、いなかったと思います。たぶん吉森さんのパトロールが済んだ頃を見計らって、寝に戻ってくるつもりだったんじゃないでしょうか。日が暮れたらもち歩いていた荷物を置きにきて、見回り隊の巡回が終わる時間まで、またどこかで暇をつぶす。やりすごしたら樹の上で眠り、早朝のパトロールまでに起床して下界におり街へとでかける。たぶん、そんな生活だったんです」

朝のパトロール時間がどんどんはやくなったから、そいつはきっと寝不足だったろう。

「どうしてそれを、気づいた時点でわたしにいわなかったんだ」

怒る吉森に、

「吉森さんたちが知らないでいるということは、たぶん誰にも迷惑をかけていないんだろうと思ったからです。申し訳ありません」

鮎沢は頭をさげた。吉森はなんといってよいかわからなかった。

「まあいい。それはそれとして、つづきを話してくれ」

「死体が発見され、ねぐらがどうなっているのか、ぼくはそれを昨日のうちにどうしても確めたくなりました。思いきって公園に侵入し樹にのぼってみたところ、案の定、そこはきれいに引っ越しが済んでいて、ヤカンはおろかロープ一本、ハンガーひとつありませんでした」

「どうしてそれが『案の定』なんだ」

「人が死んだとなれば、警察がやってきて大騒ぎになります。公園内もよくよく調べられることになるでしょう。樹の上の生活道具が発見される危険性が高くなります。そうなるより先に、さっさと転居したわけです」

「それはわかるとして、なぜ君は、その人間が死体を動かしたと思うんだ」

「深夜とはいえ、公園に人がやってくる可能性がないわけではありません。死体がみつかればその時点で騒ぎになります。荷づくりの時間を稼ぐためには、死体を人目につきづらい場所に動かす必要があったんです……」

そこまで聞いた吉森は、視界がぱっと開けるのを感じた。

（そうか……泊があの夜カメラで狙っていたのは、条例を破って公園内で生活するホームレスだったのだ。しかし、レンズを向けられたことに気づいた相手と諍《いさか》いになり、その結果、泊は殺されてしまった。ホームレスは自分の姿が記録されたカードをカメラから抜きとり、死体を動かして発見までの時間を稼ぎ、現場から逃げだした……）

吉森は額に手をあてた。

「そういうことだったのか……それで、泊を殺したそのホームレスに会うことはできたのか？」

しかし、その問いに鮗沢は首を振った。

「いえ、その人は泊さんを殺してはいません。彼は、死体を動かしただけなんです」

「殺していない？」

「泊さんはぼくが拾ったヤカンを、吉森さんが対決すべき相手の手がかりだといいました。それを聞いてぼくは、『ああ、泊さんは樹の上の住人の存在に気づいていたんだな』と思いました」

「そいつが泊の調査対象なんだから、知ってて当然だろう」

「もし泊さんの仕事が条例違反のホームレスの撮影だったとしたら、『守秘義務』なんて言葉をつかって理由を明かしたがらない彼が、ヤカンを手がかりといったり、空を指さしたり、そんなヒントをぼくらに伝えるでしょうか。つまり泊さんは、べつの調査のため公園に張り込むうちにたまたま気づいただけで、ホームレスに特段の関心があるわけではなかった。ということは、諍いになる理由もなかったはず……ぼくはそう考えました」

「ホームレスが殺したんじゃないとなると……どうなるんだ」

「泊さんは、ほかの誰かに殺されたということです。樹上の人は、それを目撃していた。そして自分の手で犯人をみつけようとした」

「犯人をみつけようとした？」

死体を隠した人間が？

「いったいどういうことだ。そもそも、君が会いにいったホームレスというのは誰なんだ」

「草薙さんです」

「なんだって！」

吉森の大声を、また鳰沢が「しいっ！」とたしなめる。

「草薙だと？　君は一昨日、草薙を知らないといった。なのにいまは、彼に会いにいったという。辻褄《つじつま》が合わない！」

「声が、声が大きいです。落ちついてください」

「わけがわからん。落ちついていられるか」

「理由があるんです。昨日、公園をでたぼくは、何人かのホームレスのかたとすれちがいました。すると彼らがみな、同じような紙を手にしていることに気づいたんです」

その紙なら吉森もみていた。

「ホームレス向けのバーゲンでもやってたんじゃないのか」

思いついた冗談をいったら、

「なにいってるんですか。そんなのあるわけないでしょう」

鮎沢から真顔で否定された。

「ひ、他人《ひと》の冗談がわからないやつめ。じゃあ、なんだというんだ！」

「似顔絵でした」

「似顔絵？」

「みせてもらったら、男の人の似顔絵でした。でも、どうやら持ち主の顔ではない。これは誰ですかと訊いたら、『それは教えられない』って、口をつぐむんですよ」

鮎沢は、愉快そうに「ふふ」と笑った。

「つまり……どういうことなんだ」

吉森は、似顔絵と聞いてなにか引っかかるものを感じたが、考えるより話のつづきを促した。

「それをみて、吉森さんから聞いた話を思いだしました。路上で一枚千円の似顔絵を売る元美術教師、草薙さんの話です。ぼくのなかで樹上の住人と彼とが結びつきました。泊さんが殺されるのを樹の上から目撃していたのは草薙さんだった。彼は死体を隠してねぐらを引き払うと、似顔絵を描いて仲間に配り、犯人をさがしだそうとしている……そう考えたぼくは、このことを本人に確かめずにはいられなくなり、草薙さんに会いにいったんです」

鮘沢が息継ぎをする一瞬の静寂《せいじゃく》を狙ったかのように、雀がチュンチュンと戻ってきた。

「彼にとって、それは胸のすくアイディアでした。自分たちを邪魔者扱いする人たちの鼻をあかすことのできる、絶好の機会だったからです。公園で寝泊りしていることを隠しながら、『不審な人物を目撃しました』と警察に情報提供することだってもちろん可能でしょう。でも草薙さんはそうしなかった。警察を出し抜いてやろうと企てたんです」

そうかと納得するいっぽうで、吉森は草薙という人間を思い浮かべ、違和感もおぼえていた。

「あの草薙が、仲間を放っておいて自分だけ公園に寝泊りか……」

みつかれば自分以外のホームレスも、今後の公園利用について大きな不利益を被《こうむ》るにちがいないのだ。草薙に似つかわしくない、ずいぶん身勝手な行動に思えた。

「いや、それには事情があったんです。少し前に、草薙さんは熱中症で倒れたそうです」

そうだ、たしか一か月くらい前のことだ。

「すぐに退院しましたが、心配した仲間が、路上より涼しく水もつかえる公園で寝泊りすることをつよく勧めたそうです。樹の上に隠れるというアイディアと一緒に」

そう聞いて、公園の近くからホームレスの姿が消えた理由もわかった。自分たちが近寄らないことで、住民や見回り隊の公園に対する注意が少しでも逸《そ》れることを期待したのだ。

「結局、君は草薙に会って、いままで話したことを確かめたんだな？」

「最初は相手にしてもらえませんでしたが、しつこく食いさがったら諦めて……というか、半ば呆れて認めてくれました」

吉森は鮗沢のしつこさを想像した。

「どうしたんですか、急に苦しそうな顔をして」

「なんでもない。しかし……草薙の顔も知らず、よく会いにいけたもんだ」

「親切なかたがたが居場所を教えてくれましたから。ただ、そうじゃなくても時間をかければみつけられる自信はあったんです」

鮗沢は快活にこたえた。

「どうやって」

「草薙さんの顔を知っていましたから」

鮗沢が平然という。

「また辻褄が合わない！　草薙の名前も知らないといってた君が！」

「正確にいうと、会う前から予想がついていたということです」

「予想だって？」

「あの夜、吉森さんのほかにもうひとり、ぼくを注意した人がいました」

「そういえば、そんなことをいってたな」

「その人が草薙さんでした」

「なんだか頭がクラクラしてきた」

「樹上の人が草薙さんだとすれば、彼にはぼくを注意する理由があります。人目を避けて公園に出入りし、しかも寝泊りまでしている人間にとって困るのは、ホームレスに対する周辺住民の警戒が高まり、園内への監視の目がいまより厳しくなることです。もし出入り自体が制限されるようなことになれば、仲間にだって大きな迷惑がかかります」

そう、吉森が先刻考えたとおりの理屈だ。

「カブトムシ採集のために布を張ろうとしていたぼくのことを、事情を知らない新入りのホームレスだと勘違いした草薙さんは、トラブルになる前に公園から追い払う必要があると判断して、声をかけてきたんです。ただ、彼自身も見回り隊にみつからないようにするため長居はできませんから、結局ぼくがでていくのを見届けることなく、先に姿を消してしまいました」

吉森はすっかりくたびれてしまった。しかし、まだ聞かされていないことがあると口を開く。

「いったい、泊はどうして殺されたんだ」

「男たちが争う声に気づいて樹上からみおろした草薙さんでしたが、諍いの理由まではわからなかったそうです」

「まあ、無理もないな」

「ただ、彼らから離れた場所に、もうひとり立っていた人がいたそうです。女性のようだったと草薙さんはいっていました。ここからは完全にぼくの憶測ですが……」

「なんだ」

「探偵の仕事といったら吉森さんはなにが思い浮かびますか？　行方不明の猫さがしでしょうか？　ぼくは、浮気調査です」

「浮気調査……」

「あの夜の泊さんの仕事は、浮気の現場をおさえることだったんじゃないでしょうか。張り込み中にビールを飲んで寝てしまい、そのうえ公園を追いだされるような探偵でしたが、戻ってきたところで幸運にも、いや、結果的には不幸なことだったのですが、シャッターチャンス、つまり浮気の現場に巡り合った。しかし被写体に気づかれてしまい、争って命を落としてしまった……」

あの探偵なら、ターゲットに気づかれるということもじゅうぶんにありそうだ。

「泊は、すぐに死んでしまったんだろうか」

「樹からおりて確かめたとき、脈はなく、病院に運んだところでどうにもならないと思ったと、草薙さんはぼくに説明しました。しかし、たとえそうだとしても、草薙さんがすべきだったのは救急車を呼ぶことではなかったですかと、ぼくは問いかけました。返事はありませんでしたが、いずれにせよ、事件はもうすぐ解決すると思います」

そうこたえた鮎沢の顔が、みるみるうちに赤くなった。

「どうした。急に興奮して」

「いえ。草薙さんに対してずいぶん正義漢ぶったことをいったものだと、思いだして恥ずかしくなりました」

すべてを聞き終えた吉森は、言葉をさがしたがみつからず、ただ「そうか」と呟いた。鮎沢は「はい」とこたえ、ポケットから紙をとりだしてひろげた。

「そういえば、ぼくも似顔絵をもらってきたんですよ。吉森さん、心当りありませんか?」

吉森は似顔絵に目を落とした。そしてすぐに納得した。

(なるほど、浮気調査か……)

さすが元美術教師だと、その出来映えに感心した。

(ふたりは、よせばいいのにもう一度この公園に立ち寄ったのだ……)

吉森は、思わず苦笑いを浮かべた。灯りに誘われ飛んでくる虫もあれば、暗がりに身を寄せたがる人間もいる。

描かれていたのは、一昨日の夜に吉森の懐中電灯が照らしだした、あのギラギラ顔の男にちがいなかった。

警察署の入口の前に門番よろしく立っていた若い警官は、遠くからホームレスの一群が近づいてくるのをみて、欠伸《あくび》を飲み込み警棒に手を添えた。

彼らは歩道から入口へと延びた短い階段の前に、先頭を歩いてきた男を除いて立ちどまった。ひとりで階段をのぼってきた男は、手にもっていた一枚の紙を若い警官にさしだした。仲間たちは、その様子を下から心配そうに眺めていた。

「なんでしょう?」

警官が訊ねる。

「似顔絵です。捜査に役立つと思います」

男はいった。

「どういうことですか?」

「ドングリ公園の事件です。この人が、泊さんというかたを突き倒し、殺してしまったんです」

「え?　ちょっと待ってください」

警官は、目の前の男と似顔絵とを見比べた。

「似ていませんね」

「わたしの顔ではありませんから」

「なるほどそうでした」

うなずいて無線に手をかけた警官に、男は話しつづけた。

「もうひとつ、付け加えねばならないことがあります。あのかたをほんとうに殺してしまったのは、わたしなのかもしれないということです」

「え？」

警官の手がとまった。やがて少しの沈黙のあと、

「わたしは、亡くなったあのかたに……あのかたのご家族に、友人に……お詫びをしなくてはなりません」

草薙はそういって、深々と頭をさげた。

ホバリング・バタフライ

奥羽《おうう》山脈の北部に位置する標高千百十五メートルのアマクナイ岳は、八合目付近がひろく台地状になっており、ここまで車でのぼってくれば気軽にトレッキングを楽しむことができる。それで満足できなければ、台地の北にそびえる「鹿ヶ峰《ししみね》」にチャレンジすればよい。ルートは起伏に富み、登頂のあかつきには、自分が東北地方の背骨の一部に立っていることを実感できるだろう。峰までを含めたこれら台地一帯は「アマクナイ高原」と呼ばれている。

瀬能《せの》丸江《まるえ》がアマクナイ高原を訪れるのは、じつに五年ぶりのことだった。軽く息をはずませて六月初旬の台地を散策する。先月下旬にまとまって降った雨は山頂付近の残雪をすっかり消し去ったが、そのせいで日当りの悪い場所はまだぬかるんでいた。大きな水たまりをよけて遊歩道の端を歩いていた丸江は、左手の草むらに咲くアザミの株間《かぶま》に、コーヒーの缶をみつけた。

もちあげると、口から中身がこぼれでた。透明な雨水だった。缶を逆《さか》さにして振っていたとき、右手にある斜面のほうからバサバサという物音が聞こえてきた。丸江は空《から》になった缶を手に、今度はそちらに近づいていった。

覗き込んだ眼下の谷まで、トチノキの林がつづいている。その林のなかに白いものが漂っているのがみえた。最初、捨てられたビニール袋が風に舞っているのかと思ったが、そうではなかった。白い物体は長い柄《え》のついた捕虫網であり、男がそれを振り回しているのだ。

「あなた」

丸江が呼びかけると、男は見当ちがいの方角に向けて「はい！」と大きな返事をした。声が谷の斜面で反響しているのだろうか。

「ちがう。こっちよ、こっち」

彼女は大きく手を振った。

「ああ、そっちですか」

「なにしてたの？」

「ちょっと、さがしてまして」

「なにを」

「スギタニです」

「まあ！　お友だちが谷に？　大変じゃない」

「あ、ちがいます。スギタニルリシジミ。チョウです、蝶。ここまでのぼってくると麓《ふもと》ではみられない種類がけっこういますから」

丸江は男を三十代半《なか》ばとふんだ。であれば自分より二十歳近く若い……とはいえ男子が虫を追いかけて遊ぶのは、それよりさらに二十歳以上若い頃の話ではなかろうか。

「びっくりさせないで。それにしたって、どうしてそんな場所に」

「トチの林があったもので」

「トチノキに集まるの？　でも、まだ花がついてないじゃない」

山の春はゆっくりやってくる。

「蜜を吸いにじゃなく、卵を産みにくるんですよ。トチは幼虫のエサなんです」

「ああ、食草がトチノキなのね」

孵化《ふか》した幼虫が食べる植物を食草や食樹と呼び、蝶はそこに産卵する――本で読んだことがあった。

「で、そこをつかまえようとしているというわけ？」

「はい」

「あのね、山の生き物を無闇にもち帰ったりしちゃいけないのよ」

「もちろんです。観察したら、ちゃんとリリースします」

丸江はその言葉を鵜呑《うの》みにはしなかった。彼女はいま、若者のマナーに少々懐疑的だ。そうさせたのは、二十分ほど前に八合目の売店でみかけた小柄な若い女だった。香水なのか柔軟剤なのか、丸江にとって鼻をつまみたくなるような甘い匂いを周囲にまき散らしていた。連れはいない様子だったが、登山経験者とはとても思えない。真新しいピンクのスニーカーがそれを証明しているように感じられ、丸江はひとこと、お節介をやこうと決めた。ところが、売店をでて遊歩道へと向かった女が両耳にイヤホンをさし込んだのをみて、その気持ちがいっぺんに萎《な》えてしまった。

匂いどころか森の音にも関心のない人が、おばさんの小言に耳を貸すわけがない――。

そんな思いを抱きながら、結局丸江は、女のうしろ姿を黙って見送った。そのときのしこりが心のなかにあったからこそ、男には、しつこく声をかけたのかもしれない。

「つかまえても蝶の翅《はね》を素手で触らないようにね。鱗粉《りんぷん》がとれて弱ってしまうから」

「はい。ところでご存じですか？　鱗粉は蛹《さなぎ》のときにためこんだ老廃物が原料らしいですよ」

「老廃物？」

「まあアレです。糞《ふん》とか、おしっことか」

「だから、なんなの？」

「そう考えると素手では触りたくないですよね」

男はそういって「あっはは」と笑った。おしっこで大笑いする大人を、丸江は久しぶりにみた。

「そうそう。ちょっとお訊きしたいんですが、遊歩道には車が入れるんですか？」

「入れるのは駐車場までよ」

「ついさっき、ひかれそうになったもので」

「ええっ？」

「まあ、ぼくが悪いんですけどね。蝶を追っかけていきなり道に飛びだしたんですから」

「危ないわねえ……それなら高原内の管理をしている『アマクナイ倶楽部《くらぶ》』の職員よ。彼らだけ、保安や清掃のため車をつかっていいことになってるの。四駆《よんく》の軽ワゴン車でしょ？」

「車に関してぼくに見分けがつくのは、丸いか四角いかくらいです。角張ってました」

「ええ、それよ」

「そういえば、とまってゴミを拾っていたような気もします」

「車からじゃ見落としもあるみたいだけどね」

丸江は手のなかで空き缶をくるくると回した。

「それにしても気をつけて。向こうがスピードをだしてないから無事で済んだのよ。もしかしてあなた、街なかでも虫を追っかけて走り回ってるんじゃない？」

「ははは」

「なに笑ってるの。そこの谷だって雨の影響で地盤がゆるんでるかもしれないんだから、さっさとあがってきたら？」

「そうですね。わかりました」

「いっとくけど、花なんかも採取しちゃダメだからね！」

「ええ。吸うだけにしておきます！」

蝶とかけた冗談なのだろうが、丸江にはちっともおもしろくない。男は旗のように網を振りつつ、さらに谷へとおりていった。どうやら忠告をすぐに聞く気はないらしい。

とはいえマナーについては、いまの彼女も人にとやかくいえる立場ではなかった。丸江は男の姿が完全にみえなくなったことを確かめて、ポケットから黒のマジックをとりだし、先ほど拾ったコーヒーの缶の底に、なるべく目立たないよう小さな印を書き入れた。

彼女はもう一度あたりを見回してから、その缶をそっと道端に捨てた。

そうしてなにもなかったような顔で、北に向けて歩きだしたのだった。

山の南側にある駐車場からつづく遊歩道には、台地の外縁に近い部分をぐるりと一周する周遊路と、そこから枝分かれして台地内を巡る散策路があり、大きな網の目をつくっている。中央付近には小さな火口湖があり、すなわち台地は、太古の噴火によって山体が吹き飛んだ跡なのだった。蝶好きの男がいた谷は、火口湖を水源としていた川の名残《なごり》であり、いまでも雪どけの短い期間だけ、渓流がかつての姿をあらわす。

噴火で吹き飛ばされずに残った部分が鹿ヶ峰で、アマクナイ岳の頂《いただき》だ。峰は台地の北に位置し、「野うさぎコース」と「カモシカコース」の二本の登山道が、周遊路の北側から山頂に向かって延びている。

駐車場から四十分ほどかけて、丸江はカモシカコースの入口までやってきた。枝分かれした道の先に案内板と小さなベンチがあり、そこから向こうは勾配が一気にきつくなっている。山頂までの距離が短いぶん、比較的険しい道のりがつづく、登山経験者向けのコースだ。

案内板のそばに、アマクナイ倶楽部の軽ワゴン車がとまっているのがみえた。車内に人の姿はない。おそらく職員たちも山頂に向かったのだろう。登山道は道幅が狭く、車を置いて歩くほかない。

丸江は職員と顔見知りではなかったが、あまり顔を合わせたくない事情があった。そもそも脚力にそれほど自信があるわけでもなかった。彼女はカモシカコースの登り口をとおりすぎると遊歩道をさらに五分ほど歩き、初級者向けとされる野うさぎコースの登り口にたどりついた。

とはいえ野うさぎコースも彼女にとってはじゅうぶん難儀だった。起伏のある森の道を、露出した樹の根に躓《つまず》きながら手すりをたよりにのぼっていく。山道は雨のあとでかなり歩きづらく、何度も滑って手すりにしがみついた。下の立て看板には「登頂目安二十五分」とあったが、いかなる健脚を参考にしたものか、実際には四十分以上かかった。展望台のベンチに腰掛けたときには完全に息があがっていた。みあげた曇天《どんてん》には青空の覗くわずかな切れ目もなく、風は霧を含んでやたらと湿っぽかった。しかし、気分は爽快といえた。

山頂から眺める台地の火口湖は、近くでみるより美しかった。なにしろゴミが気にならない。だが、それより遥か遠く、西の眼下に点在する大小さまざまな湖沼の眺望もまた、素晴らしかった。あれが標高四百メートルの山麓にひろがる、隣村のクネト湿原だ。

アマクナイ高原を訪れる客はこの数年減少の一途だが、クネト湿原は近年その魅力が発掘され、徐々に賑《にぎ》わいをみせはじめている。

「山頂にも人の姿は無し……」

午後三時、登山者が多い時間帯ではない。長雨の谷間、しかも平日という事情もある。それにしたって途中でいき合ったのが蝶好きの男ひとりとは、寂しいかぎりだ。

息が落ちつくのを待って、丸江は展望台のほぼ中央に建てられた、小さな祠《ほこら》に近づいた。檜《ひのき》でつくられた古い鳥居と社殿は、往時見事な朱塗りだったのであろう、剝《は》げた漆《うるし》の痕跡がところどころに見受けられる。観音開きの戸の奥には、男女と思われる木製の像が収められていた。社《やしろ》の前には木箱がひとつ置いてある。見た目は賽銭箱《さいせんばこ》そっくりだが、側面には募金箱と書かれていた。彼女はもちあげて、軽く振ってみた。

「あら、入ってる」

彼女の集めた情報では、曜日こそ決まっていないが、週に一回の頻度で、職員がゴミ拾いと同時に募金の回収をおこなっている。カモシカコースの登り口に車があったから、彼らはとっくにきたものと思っていたのだが……そんなことを不思議がりながら箱を揺すっていたら、背後から声をかけられた。

「なにしてるんです」

カモシカコースのほうから、大柄な男が歩いてきた。四十代だろう、筋肉質で声が太い。おまけに眉も太い。首からネームプレートをぶらさげている。しまった、と思った。アマクナイ倶楽部の職員なのだ。

「まさか泥棒じゃないですよね」

男は硬い表情で、そう訊《たず》ねてきた。

「とんでもない。ちゃんと中身を足しておきました」

丸江は胸を張って嘘をいった。すると現金なもので、相手の顔が若干《じゃっかん》ほころんだ。

「それはどうも、ありがとうございます」

丸江が箱を渡すと、男は背面にかかっていた南京錠《なんきんじょう》をはずし、中身を持参の袋に回収した。そのあいだも、ときおり疑わしそうにこちらをみるので、丸江はつい顔を伏せた。男のネームプレートには、ご丁寧《ていねい》にふり仮名つきで「アマクナイ倶楽部・向山《むこうやま》正《ただし》」とあった。

「なにコースをのぼってきました?」

「野うさぎです」

「すみませんが、帰りもそうしてもらえますか。手すりを塗りなおすので、こっちは通行止めにしますから」

向山は、自分がのぼってきたカモシカコースのほうを指さし、そう説明した。

「あら、ご苦労さま。それが済んだら、野うさぎコースのほうもどうにかしていただきたいわ。道が荒れていて、とっても歩きづらいの」

その物言いにむっときたのか、向山はふたたび表情を硬くして、

「気をつけて下山してください」

とだけいった。

「どうもご親切に」

「ただ、少し急いだほうがいいかもしれませんよ。もう三時十五分だから、駐車場を閉めるまで一時間ちょっとしかない」

「夏期は五時半まで開いてるでしょう?」

「夏期は来月から。いまは四時半で閉めます」

「まあ大変」

時間になると、職員が駐車場の出入口に鎖をかけてしまうのだ。彼女は慌ててリュックサックを背負いなおした。そのとき向山のトランシーバーに受信があった。アマクナイ高原はいまだに携帯電話の電波が届かない。

『下は封鎖しました。手すりの修繕に戻ります。ドーゾ』

鮮明ではなかったが、そう聞こえた。「丸江さんは地獄耳ね」と、近所でも評判だ。

「わかった。こちらもいまから戻る」

トランシーバーを切ると、向山は手際よくカモシカコースの下り口に黄色いロープを渡していった。

「急ぐのは下山してからにしてください。転んだりしたら困りますから。多少遅れても、駐車場は開けておきますよ」

彼はにこりともせずにそういい残し、ロープを跨《また》いでカモシカコースをおりていった。

……さて、急ぐなといわれたって急がないわけにはいかない。丸江は鹿ヶ峰から台地へと、野うさぎコースを駆けるようにしてくだった。途中で一度転んだが、不思議と痛みは感じなかった。ハァハァいいながら遊歩道を引き返す。カモシカコースの登り口には、まだ倶楽部の車がとまっていたが、しばらくして後方から追いついてきた。運転しているのは向山だ。もうひとり助手席にいるのが、先ほどのトランシーバーの通話相手だろう。丸江が高原についたときには、売店で名物の団子を焼いていた男だ。たしかネームプレートには「下川《しもかわ》」とあった。

追い抜かれる際、丸江は少し迷ったが、とりあえず軽く会釈《えしやく》をした。しかし職員たちは、まったくの無視であった。痛みだした足首を庇《かば》いながら、彼女は駐車場へと急いだ。

アマクナイ岳は長く観光とは無縁の地だった。そればかりか、かつて山岳信仰の場であったことさえ忘れ去られ、土地の人間も寄りつかない山になっていた。

二十年前、遠井町《とおいまち》はアマクナイ高原の観光地化を図《はか》り、八合目までの道や駐車場を整備し、食堂に売店、資料館に体験工房といったハコモノを建設していったが、見事失敗におわった。この事実を可及的速やかに忘れるべく高原はそのまま放置され、結果、ゴミ捨て場として重宝されるようになった。

十年前、山をふたたび地元住民に愛される場所にしようと、アマクナイ倶楽部が発足した。地域の物好き数名が集まって、休日の趣味ではじめたボランティアだった。活動は大量のゴミ拾いと埋もれた遊歩道の発掘、なにより山歩きを楽しむこと。台地は少しずつ美しさをとり戻していった。

活動開始から五年が経過し、倶楽部の実績が知られるにつれて会員も四十名ほどになった。町長から「倶楽部を高原の管理者に指定したい」という打診があったのはこの頃のことだ。ただし、それにあたって、倶楽部を法人にしてほしいという条件がついた。

単なるボランティアとして気楽に活動をつづけたいという反対派と、法人化して町から助成を受け、より充実した活動をおこなうべきだという賛成派に分かれ、会員同士が対立した。

「法人となると、いわば会社だ。ほかに仕事をもちながら運営するのは容易じゃない」

「定職についていない会員だっているんだから、そういう人を常勤に据えて形だけととのえれば、活動は従来どおりでいいんだよ」

「町長は法人の活動分野に『観光振興』を盛り込めといってきてる。これまでのような活動だけでは済まなくなるんじゃないのか?」

「考えすぎですって。そのほうが行政として支援しやすいというだけで、深い意味はありませんよ。それにこれは倶楽部にとってもチャンスです」

「チャンス？　どういう意味だ。金に目がくらんだか」

「そっちこそどういう意味です！」

話し合うたびに溝は深まり、とうとう会は分裂した。反対派の多くは退会し、残ったメンバーがＮＰＯ法人を組織した。アマクナイ倶楽部の名称は、そのまま法人名として引き継がれることになった。そうして彼らは、高原の管理を公式に受託したのだった。


やっとのことで駐車場に戻ってきたとき、時刻は午後四時二十分だった。やったわ、丸江！心のなかで間に合った自分を誉《ほ》めてあげた。

駐車場に残っているのは彼女の車と、向山が運転していたアマクナイ倶楽部の軽ワゴン車の二台だけだった。その軽ワゴン車の荷室を、見憶えのある男が覗いていた。網をもっている。トチの谷で蝶をさがしていた彼だ。

駐車場脇のトイレからでてきた向山がそれをみて、慌てた様子で男に声をかけた。

「おい、あんた！」

「わっ、びっくりした」

「びっくりしたのはこっちだ。車を覗いたりして」

「蝶が、蝶が車内に」

「蝶だあ？」

向山がベルトを締めながら駆け寄る。

「ほら、飛んでるでしょう」

「蝶なんてどうでもいい。どいてどいて！」

「たぶんスギタニルリシジミだと思うんだよなあ。でも窓越しだと色がはっきりしないんだよなあ」

「……開けろっていうのか？」

「すぐに済みますから」

蝶好きの男はそういって立ち去らない。みあげた神経だ。職員として登山客を無下《むげ》にもできぬと思ったのか、あるいはさっさと消えてほしいだけか、向山が跳ねあげ式のバックドアを開けた。途端に男が、荷室のなかに向けて網を振りおろした。

「えい」

「こらっ！　荷物を叩くな！」

「それ。あ、入りました」

「よかったな。さあ、どいてくれ」

向山は男をはねのけるようにして荷室のドアを閉めた。

「まったく、どうして蝶なんか……」

「匂いに誘われたのかもしれませんねえ」

「うるさいっ！」

癇《かん》にさわったのか、向山は声を荒らげた。それから運転席に乗り込み、よっぽど鬱陶《うっとう》しかったのだろう、さっさと離れたところに移動してしまった。

丸江は、網のなかの小さな蝶をみながらニコニコしている男に近づいていった。

「お目当てのものがみつかった？」

「あ、これはどうも。ご無沙汰《ぶさた》してます。その節はいろいろと……えー、どなたでしたっけ？」

「トチの谷のところで会ったでしょ」

「ああ、あのときの。ぜんぜんご無沙汰じゃありませんでしたね」

「あなたはひとをハラハラさせる性質があるわ」

「ご心配をおかけします」

「まったくよ」

「そうそう、ぼくにもひとつ心配ごとがあるんです。あのネズミ色の車は、あなたのですか？」

男が丸江の車を指さしていう。

「ネズミ色っていうのはやめてくれない？　たしかに汚れてるけど、シルバーよ」

「今日は、旦那さんとご一緒に？」

「いいえ。五年も前に亡くなりました。あの車は、主人が遺《のこ》してくれたものなの。わたし、これを運転するために、ひとりになってから免許をとったのよ」

「そうですか……いや、五分くらい前でしょうか、ぼくが台地のほうから戻ってきたとき、あなたの車のそばに男が立っているのをみたんです。相手はぼくに気づいていませんでしたが……運転席のドアから鍵を抜いて、車から離れるところでした」

「えっ！　鍵を？」

丸江は慌ててポケットに手を入れた。鍵はマジックと一緒にちゃんとあった。急いで車内を確認したが、荒らされた形跡はなく、車体を傷つけられたりもしていない。

「どんな男？」

「どんなといわれても、横顔をちらっとみただけで……」

「あなた、その人になにもいわなかったの？」

「だって、その時点では持ち主だと思ってましたから。妙だと気づいたのはそのあと、彼がもう一台とまっていた『黄色い車』のほうに乗り込んで、駐車場をでていったときです」

「車を間違えたのかしら？」

「自分の車をですか？」

「レンタカーで、ちゃんと憶えていなかったとか」

「だからって、黄色とネズミ色ですよ？」

「男が乗っていった車の車種はわかる？」

「丸かったです」

「ああ、あなた車はダメだったわね」

「ナンバーは控えておきました」

「ファインプレーよ。いまの話だけで届けでるわけにはいかないけど、あとで被害がみつかるかもしれないから」

そういいながら、丸江は駐車場を見渡した。

「……ところであなた、どうやって帰るつもり？」

「バスです」

「バスならもうないわよ」

「え？　だって最終は五時の便ですよね」

「さては夏期ダイヤをみてたわね。今月までは冬期なのよ」

丸江は大威張りで教えてやった。

「冬期！　六月なのに？」

顔がみるみるうちに青ざめていく。まったく、気を揉ませる男だ。

「仕方ないわね、送っていってあげる」

「いいんですか」

「ネズミ色の車でよければね！　で、どこにいきたいの？」

「クネト湿原のペンションに泊まる予定です」

「じゃあ、県道のところまで乗せれば大丈夫ね。あそこなら、まだバスが走ってるはず。トイレにいってくるから、ちょっと待ってて」

「急いでくださいね」

「わたしのペースでやります」

「ごゆっくり」

「そのあいだに、蝶をリリースしておくのよ」

「もちろんです」

男は優しく網を揺すった。蝶の翅がそっと開き、青い色が覗いた。網からでたスギタニルリシジミは、なぜかふたりのそばを離れず、ひらひらと漂うように舞いつづけた。

「あら、可愛い」

丸江は思わず指先を蝶に向けた。そのとき一陣のつよい風がふき、土埃《つちぼこり》に目を閉じた隙に、蝶は姿を消してしまった。


「エリサワといいます」

助手席に乗り込んだ男はリュックサックを顎《あご》の下に抱え、少し窮屈そうに頭をさげた。

「エリサワさん……ちょっとめずらしい苗字ね」

丸江は帽子を後部座席に置くと、髪をしばっていたゴムをはずして手首にはめた。

「エリって、どう書くの？　服の襟？」

乱れた髪を、うしろにまとめなおしながら訊ねる。

「魚偏に入るで、魞《えり》です」

「はじめて聞く。どんな魚？」

「魚ではなく、魚をつかまえるための道具ですね」

「へえ。虫だけじゃなく魚までつかまえるのね。わたしは瀬能丸江、どうぞよろしく」

パチンとゴムを鳴らしてふたたび髪を束ねおえると、それが合図とばかりに丸江はアクセルを踏んだ。車は駐車場をでて、カーブのつづく一本道をくだってゆく。

「山にはどのくらいいたの？」

「午前中からウロウロと」

「蝶をさがして、ずっと谷に？」

「のぼったりおりたり、あちこち。トチって湿り気のある場所に育つんですよね」

「でも、つかまえられたのは駐車場の一匹だけ？」

「ですね。あの一頭です」

「一頭？」

「蝶って、何頭と数えるんですよ」

「ほんとに」

「豆知識です」

「そういう話で夜の蝶もつかまえるのかしら?」

「虫には喰いつきが悪いですねえ」

丸江が笑い、鰍沢も笑った。

「ところでトチといえば、お団子は食べた?」

そう訊いた途端に、鰍沢が座席から立ちあがらんばかりの勢いで、

「名物アマクナイ団子!」

と大声をあげたので、丸江はびっくりしてカーブを曲がりそこねるところだった。

「いやあ、アレにはたまげました。あんなに苦いものを食べたのは、はじめてです」

「た、たまげたのはこっちよ!」

「漢方薬でもまぶしてるんでしょうか」

「だから、トチよトチ。トチの実っていうのは、ものすごく渋くて苦いの」

「でも、東北あたりじゃトチの粉を餅《もち》みたいにして、むかしから食用にしますよね? あんな不味《まず》いものを好んで食べてるんですか」

「ふつうは何日もかけて灰汁《あく》抜きしなきゃならないのを、あの団子はその作業を省いた粉でつ

くってるのよ」

「なんでまた」

「シャレに決まってるでしょ。アマクナイと甘くない」

鮎沢は大口を開けた。ぜんぜん気づいていなかったらしい。

「思いついた人間はよっぽどセンスがないですね！」

と、憤慨しはじめた。

「甘さは控えめでも、美味《おい》しく食べられるものであるべきです。地名がウマクナイならべつですが」

「あはは、そうね。ところでアマクナイという地名の由来はご存じ？」

「いいえ」

「アイヌ語で『マク』は『奥』を、『ナイ』は『川』をあらわすそうなの。『マクナイ』で『奥の川』。それがいつしかアマクナイに変化したというのが有力な説。むかしは火口湖を水源とした川が、麓のクネト湿原まで流れ込んでいたんでしょうね。ちなみにクネトは『黒い沼』を意味する『クンネ・トー』から変化したそうよ」

アイヌ語に由来すると考えられる地名は、北海道だけでなく、東北地方北部に多くみられる。

「そういう意味では、ウマクナイになってもおかしくなかったわけですね。あの団子は古くからの名物で？」

「最近よ。開発した職員が自分たちで名物と呼んでるだけで、有名でもなんでもないの」

「職員というと……ええと、名前を教えてもらいましたね。『アマクナイ倶楽部』でしたっけ。役場の部署名ですか？」

「高原の管理を委託されたNPO法人よ」

「へえ。そういう団体が団子を売ったりしても大丈夫なんですか？」

「儲《もう》けを職員のボーナスにしちゃまずいけど、活動資金にするなら商売をやること自体は問題ないんですって」

駐車場の一角、むかし町が建てた施設のうち「マタギ資料館」だった小屋が、今は売店と休憩所と職員の詰め所を兼ねてつかわれており、団子はそこで職員が焼いて売っている。もっとも、人手が足りないために、店は閉まっていることもしばしばだ。

「鮄沢さんは町の人じゃないわよね」

「はい」

「じゃあ知らないだろうけど、アマクナイ倶楽部に関しては、いろいろあったの」

丸江は、倶楽部の誕生と分裂にまつわる短い歴史を語って聞かせた。

「組織が変わって、だんだん管理が杜撰《ずさん》になってね。遊歩道、歩きづらかったでしょう。水たまりも多いし」

「大雨がありましたからねえ」

「でも雨が降ったのは先週よ。むかしの倶楽部だったら水たまりができるような窪《くぼ》みはすぐに埋めてたわ。それがいまやどう？　巡回はせいぜい週に一回、しかも車で回るもんだから、なおさら道を荒らしてるようなもの。さっき山頂で職員に会ったとき『手すりを塗りなおす』なんていってたけど、それだっていつから放置してたんだか……あら、いやだ。せっかく山にきてくれたお客さんに愚痴《ぐち》をいったりして。倶楽部のことになると、つい熱くなってしまうの」

「もしかして瀬能さんは倶楽部の……？」

「わたしじゃなく、亡くなった夫がね。倶楽部を最初に立ちあげたときのメンバーだったの。なのに法人化のゴタゴタで会をやめることになってしまって……病気がみつかったのは、その直後だったわ。治療に専念するため会社までやめたけど、あっという間に」

　いったあとで、車内の空気が湿っぽくなったことに気づき、丸江はちょっと焦った。

「では、奥様は……」

「なによ急に、奥様だなんて。『丸江ちゃん』でいいわよ。わたしも『鮲沢くん』て呼ぶから。ほら、いってごらんなさい」

「ま、丸江ちゃんは……」

　ぎこちない。

「なあに？」

「いまの倶楽部の人間を、恨んでいるんですか？」

「うちの人からアマクナイ高原を奪ったと思えば、そりゃ悔しい気持ちはあるわよ」

「では、遊歩道に空き缶を捨ててきたのは、そのことと関係が?」

唐突な質問に、彼女はまたもハンドル操作を誤った。

「わあっ!」

魬沢が叫ぶ。急カーブにタイヤが鳴った。

「あらら、ごめんなさい」

「だだだ大丈夫です」

魬沢は、ちっとも大丈夫じゃなさそうにいった。

「……ねえ、魬沢くん。いまのはどういう意味?」

「ええと、なんでしたっけ?」

「とぼけないの。わたしが遊歩道にゴミを捨てたって」

魬沢は助手席の窓を向いて「ははは」と頭をかいた。

「しまったなあ。つい想像がふくらんで、今度はぼくが口を滑らせました」

「どんな想像?」

「……トチの林で声をかけられたあと、遊歩道に戻ってみたら、ちょうど丸江ちゃんが……やっぱりやめませんか、丸江ちゃんて呼ぶの」

「いいから」

「……ちょうど丸江ちゃんが立っていたあたりに、コーヒーの缶が落ちているのをみつけたんです。ぼくに手を振ってくれたときにもっていたものと、よく似た缶でした」

「それだけの理由で、わたしが捨てたと？　どこにでも売ってるコーヒーよ」

「缶の底に、マジックで記号のようなものが書いてありました。先ほどお名前をうかがって、ピンときたんです。コレ、みてください」

魞沢が携帯電話の画面に写真を表示した。横目で覗く。

「ＯＳ……もしこれが名前のイニシャルなら、わたしじゃないわ。わたしはＭＳよ」

「オーじゃなくて、マルじゃないですか？　丸江のマル」

「………………」

「そのあと、同じような印のついた缶を何本かみつけたんですが、どれも目につきやすい場所に捨てられていました。ぼくは午前中から台地のなかをウロウロしていましたが、缶に気づくようになったのは、丸江ちゃんに会ってからなんです。それで……」

「……案外、鋭いのねえ」

「あたってました？」

魞沢は嬉しそうに顔を輝かせた。人の隠したいことを暴いておいて、どういう神経なのだろう。それでもどこか、憎めないところがある。

「でも、あれはわたしがもち込んだゴミじゃないの。もともとポイ捨てされていた缶を、目立つ場所に移しただけ。ズボラな職員が車からでもみつけられるようにね！　だって、自分でもち帰るのは面倒だったのよ。もちろん、誉められたことじゃないけれど……」

ところが無邪気な追及者は、その説明に納得がいかない様子だった。

「だとしても、サインを入れた意味はなんですか？」

丸江は回答に迷い、しばし黙り込んだ。やがて前方に、東西にはしる県道と交差するT字路がみえてきた。左折すれば遠井町の市街地方面、右折すればクネト湿原のある隣の村に至る。

彼女はウィンカーをだし、左に曲がった。そのまま二百メートルほど進んでから車をUターンさせ、T字路のほうに頭を向けて、バス停のそばに停車した。鱽沢はシートベルトをはずし、笑顔で一枚の紙をさしだしてきた。

「送っていただきありがとうございました。とても楽しかったです。これ、例の黄色い車のナンバー。県外ですね。もし被害がみつかったらつかってください」

丸江は紙を受けとり、笑顔を返した。

「まだ乗ってて」

「え？」

「湿原まで送っていってあげる。そのかわり、さっきの空き缶の件……事情を話すから、手伝ってほしいことがあるの」

「事情と手伝いの中身によります。怖いのと痛いのはちょっと」

「おもしろいわね、あなた。町の住民にとっては恥ずかしい事情だけど、怖くはないわ」

丸江は笑いながらハザードランプをつけた。

「あの空き缶を、アマクナイ倶楽部の職員に拾わせようとしたっていうのは、ホントのことなの。わたしはね、高原で拾い集められたゴミが、その後どこにいくのかを突きとめたいのよ」

「どういうことですか?」

「夫は倶楽部をやめたあと、クネト湿原で『クネトを守る会』っていうボランティア活動に参加していたの。ほんの短い期間だけね。もう体調を崩していたから、そっちの活動にはわたしもついていって、何人かお友だちもできた。最近、彼女たちから『湿原のゴミが急に増えて困ってる』っていう話を聞いたのよ」

丸江は少しだけ窓を開けた。

「月に何度か、大量の空《あ》き缶やらペットボトルやらが、いっぺんに捨てられているらしいの。むこうは高原とちがって毎日のようにゴミ拾いをしてるから、そういうことがわかるわけ」

「なるほど」

「それだけじゃなく、ゴミが投棄されたと思われる夜に、湿原周辺で同じような車が目撃されていることもわかったの。その車の特徴が、アマクナイ倶楽部の軽ワゴン車と一致するのよ」

丸江が顔をしかめると、鮲沢もそれを真似て困った表情を浮かべた。

「アマクナイ高原は、いまの倶楽部が管理を請け負うようになってから評判がよくないけれど、湿原のほうは、クネトを守る会の活動が意外な成果をあげて、このところ注目を集めているの。知ってる？」

「古いアイヌ文化の木製品が発掘されたそうですね」

「沼のゴミさらいの最中にね。木って濡れてるほうがはやく腐っちゃうようなイメージがあるけど、完全に水に沈んでいると、空気に触れないぶん保存状態がよい場合があるんですって。そうやってみつかった木製品が話題になり、いまじゃクネト湿原の観光は、守る会の活動抜きには語れないわけ。山の上と下、ふたつの景勝地が比較される機会も増えて、アマクナイ倶楽部の連中にしてみれば、おもしろくないことばかりなのよ」

「つまり、アマクナイ倶楽部の人間が、湿原の評判を少しでも貶《おとし》めてやろうとして、ゴミをばらまいていると？」

「差を縮めるには、自分が上にいくか、相手を引きずりおろすか、二通りのやりかたがあるわ。でも、あくまで疑惑。確証はない。しかも疑ってるのはわたしだけ。クネトを守る会の人たちは車の一致には気づいてないの」

「教えないんですか？」

「わたしはね、できることなら自分の手で、穏便にことを済ませたいと思っているの。夫がつくった団体の名前を、少なくとも表面上は汚《けが》したくないから。くだらない情かしら？」

「そんなことありません」

「それにはまず、倶楽部が不法投棄に関わっているという事実を、きちんと押さえておく必要があるでしょう?」

「そのための手段が、目印をつけた空き缶というわけですか」

「投棄の現場を押さえるのは簡単じゃないけれど、湿原の清掃活動で拾われたゴミのなかに高原にあったはずの缶がまざっていれば、わたしにとっては疑惑を裏づける根拠になるわ。明日から二週間、向こうのボランティアを手伝うことにしてるの。そのあいだに、目印のついたゴミをみつけることができれば……」

「アクティブですねえ」

「暇人なのよ。それにわたしの場合、夫やクネトを守る会のメンバーとちがって、相手に顔も知られていないしね」

「事情はよくわかりました。そういうことであれば……失敗だったなあ」

魞沢は申し訳なさそうな表情で、抱えていたリュックのジッパーを開け閉めした。

「失敗って、なにが?」

「いや、丸江ちゃんが仕込んだ空き缶……ぼくが拾っちゃったんですよねえ」

「え?」

「拾わなきゃ目印になんて気づきませんよ! だって、あんまり目立つ場所にあるんだもん」

魞沢はリュックを開けて、拾ってきた空き缶をみせた。それをみた丸江は大きなため息をつ

いて、

「作戦失敗ね」

　と、肩をすくめた。

「どうもすみません」

「……なあんて、いいのよ。謝ることないわ。ゴミを拾ってもち帰るなんて立派なことだもの。一応いっておきますけど、わたしだって放置した以上のゴミをもち帰ってきましたからね！　さて、こうなったら、やっぱり現場を押さえるしかないわね。いいのよ、そうするつもりであなたに打ち明けたんだから。手伝ってほしいというのはそれなの。わたしと一緒にアマクナイ倶楽部の車を尾行してくれないかしら？」

「尾行ですか」

「彼らがいつゴミを捨てにいくのか、さすがに細かい予定はつかめなかったけれど、高原の巡回をおこなった日に集めたゴミをそのまま捨てにいく可能性が高いと思うの。そしたら、今日がたまたま巡回の日だったでしょう？　またとないチャンスなのよ！」

「じゃあ、いまここに停車しているのは……」

「彼らの車が山からおりてくるのを待ってる。わたしたちが駐車場をでてから何分かで、あの人たちも仕事を終えて出発したはず。もうすぐ交差点にやってくるわ。ふつうであれば町の事務所に戻るだけだから、T字路をこっちに曲がってくる。それがもしクネトのほうへ右折するようであれば……あっ、きた！」

高原のほうからおりてきた一台の車がT字路で一時停止し、クネト方面へ走り去っていった。右折の際、運転する向山の顔がはっきりとみえた。

「さあ、追跡開始よ」


十分後、道沿いのカントリーサインを越え、車は隣村へと入った。二台は数百メートルの距離を保ちながら、白樺《しらかば》並木がつづく県道をさらに西へとくだってゆく。

「いまのアマクナイ倶楽部の活動が上手くいかなくなったのは、なにが原因ですか？」

「助成金をもらったら、地味な環境保全なんかじゃなく、もっと目立つことをやりたくなったみたい。『地元の愛される山に』のはずが、外に向けて発信するような活動が多くなった。イベントを企画して宣伝にお金をかけて、活動資金を補うため事業にも手をだしたらしいけど、どれも失敗つづき。当初の活動方針が変わったことで、法人化に賛成して残った会員も次第に減っていき、資金の面でも人手の面でも活動が停滞するようになってしまった。クネト湿原の例をみるまでもなく、磨《みが》くべき宝は、いつだって内に眠っているものなのにね」

「いま倶楽部は、どのくらいの人数で活動を？」

「役員と正会員で十数人かしら。NPO法人の維持に必要な人数をギリギリ満たしているってところ。ただ、みんなが直接活動にたずさわってるわけじゃないし、常勤で動いているのは代表をつとめている向山のほか、せいぜい三人くらいだと思う。彼らは交代で休みをとりながら、高原にふたり、町内の事務所にひとりという配置で仕事をしているわ。協力してくれるボランティアも確保できないような状況で、かなり運営は厳しいみたい」

軽いハンドルさばきで、つかず離れず追跡をつづける。

「今日高原にいたのは、向山ともうひとり、下川という男だった。わたしの事前調査によれば、湿原でゴミが増えるのは、このふたりが組んで勤務をする週なの」

「よく調べてますね」

「いったでしょ、暇人だって。それに友だちも多いのよ」

一本道に久しぶりの交差点があらわれた。前をゆく軽ワゴン車がスピードをあげて黄色信号を右に曲がった。

「もう少し距離をおくほうが正解ね」

丸江は赤信号で停車し、そういった。

「湿原には何時頃つきそうです?」

「ふつうにいけば六時前には」

「まだ明るいですね」

「暗くなるのを待つのかもしれない」

「周辺に防犯カメラは?」

「駐車場近くの観光案内所にあるけれど、施設の入口付近を撮《うつ》してるだけ」

「駐車場はまだ開いてるんですか？」

「開いてるけれど、そこにはとめずに、車で森に入っていくんじゃないかしら」

「森に？」

湿原の湖沼は、山の西麓、標高四百メートルの緩やかな斜面に、森林に囲まれて点在している。無料で開放されている一箇所だけの駐車場を玄関として、湿原内を巡る木道の散策路が整備されているが、いくら夜とはいえ、そこを堂々と歩きながらゴミを捨てているとは思えない。周囲の森には林道が通じている場所があり、森は湿原をみおろす丘のようになっているので、向山たちはそこからゴミを投げ捨てるのではないかと、丸江は推測していた。

信号が青になり、彼女は滑《なめ》らかに愛車を発進させた。この先、湿原まではカーブも少なく、道路脇には高木もない。前方に小さな点となった倶楽部の車がみえる。

男性がいれば心強いと、勢いではじめた尾行だったが、簡単でないことはもちろんわかっていた。林道では、相手に気づかれないよう、さらに距離をとる必要があるだろうし、ライトもつけないほうがいい。理想は投棄の現場にでくわすことだが、そう上手くはいくまい。それでも、ある程度場所が絞れれば、次の手を準備することはできる……そんなことを考えているうち、丸江は車のほかに、もうひとつ目撃情報があったことを思いだした。

「鮎沢くん、向山の車の荷室を覗いたとき、バッグがなかった？」

「かなり大きなサイズの、ボストンバッグのようなものが。中身も詰まっていました」

「やっぱりね。大型のバッグを抱えた不審なふたり組を目撃したという情報があるのよ。きっと同じものだわ」

「なるほど、あのなかに大量の缶を入れてもち運び……いや、待てよ。今日の中身は缶じゃなかったな」

「中身が詰まってるとか、缶じゃないとか、どうしてわかるのよ」

「網で何度か叩いたからです」

「ああ、蝶をつかまえたときに」

「感触が缶やペットボトルとはちがいました。音もしなかったし……」

「じゃあ、今日はべつの粗大ゴミかしら。処分の費用も浮くしね」

「…………」

「どうかした?」

「……ちょっと気になることが。あの車ですが、ひとりしか乗ってませんでしたよね?」

そういえば、待ち伏せしたT字路を右折する際にみえたのは向山の顔だけだった。助手席に人がいなかったからこそ、自分たちの方角から彼がはっきりみえたのだ。

「たしかに向山だけだったわね。後部座席……は、荷室になってるか」

「ええ、シートは運転席と助手席だけでした」

「ということは、下川がいない。どうしたんだろう……あら、鮫沢くん、大丈夫?」

鮫沢が、ダッシュボードの一点をみつめ、やけに神妙な顔をしている。

「車に酔っちゃった? わたし、運転荒いかしら?」

首を横に振ってふたたび口を開いたとき、彼は少し興奮しているようだった。

「丸江ちゃん。消えてしまったのは、下川じゃありませんよ」

「どういう意味?」

「丸江ちゃんに、どんな男だったかと訊かれたとき、そういえばどこかでみた顔のような気がしたんです」

「誰のことをいってるの?」

「駐車場でこの車にイタズラをして、黄色い車で去っていった男のことですよ! 彼は売店でアマクナイ団子を売っていた人です。つまり、アマクナイ倶楽部の人間……彼が下川じゃないでしょうか?」

「団子を売っていた男なら、たしかにそれが下川よ……でも、どうして向山と別々の車で……あっ、なるほど。彼は今日、用事があってクネトにはいけないのね。それであらかじめ、自分の車で出勤することにした」

「いえ、あの黄色い車は彼のものじゃありません」

「ちがう?」

「だって、そうじゃなきゃ、この車に鍵をさしていた説明がつかないじゃないですか。自分の車の鍵で他人の車も開くかどうか、いい大人が試してたっていうんですか?」

「だったら、どういう説明ならできるの?」

「こう考えてみたらどうでしょう。彼は車の鍵をもっていた。しかし、その鍵がどの車のものかは知らなかった。だから直接ドアに鍵をさしてみて、合致する車をさがしていた。駐車場にあるのは、自分たち倶楽部の車を除けばネズミ色と黄色のたった二台。たいした手間じゃありません」

「呆れた。たまたま拾った鍵で他人の車のドアが開いたから、そのまま運転しちゃったっていうの? そっちのほうがあり得ないわよ」

「たしかに、拾った鍵で職員がそんなことをするなんてあり得ません。でも、その鍵がたまたま拾ったものではなかったとしたら? しかも彼には、その鍵に合う車をどうしても動かしたい理由があった……としたら?」

「いったいどんな理由よ」

　鯱沢は、自分の考えがそこにあるとでもいうように、車の天井を見上げた。

「ぼくはこう考えているんです。ボストンバッグに入っているのは、黄色い車の持ち主ではないのか——と」

丸江が急ブレーキを踏んだ。ふたりしてつんのめる。

「あなた、なにいってるの！」

「さっき丸江ちゃんから、荷室を覗いたときのことを訊かれて思いだしたんです」

鮲沢の顔はすっかり青ざめていた。急ブレーキに驚いたのか、その前からすでに青かったのか、どちらなのかはわからない。

「向山という職員がぼくの頼みに応じてイヤイヤながら荷室のドアを開けたとき、車内から甘い香りが漂ってきたんです。ぼくが蝶をつかまえると、彼は急いでドアを閉め、どうして蝶が車内にいるのか……といった意味のことを呟《つぶや》きました。ぼくはそれを聞いて、冗談半分で『匂いに誘われたのかもしれませんね』と返事をしたんです。すると彼はすごい剣幕で怒鳴り、さっさと車に乗って離れていってしまいました。ぼくはあのとき、匂いの原因は車の芳香剤かなにかだと考えていました。しかしいま思えば、あれは女性がつける香水のような……」

丸江はたまらず首を振った。

「あなたはバッグに人間が――それも女性が入っているといいたいの？」

「現時点ではただの空想です」

「空想どころか妄想よ！」

吐き捨てるようにいいながら今度はアクセルを思いきり踏む。まさかそんなことが？　いや、あり得ない。しかし、あり得ないと思っても、訊かずにはいられないことがあった。

「あなたの妄想のなかで、その女性は生きているの？」

「生きていたのなら、ぼくがあのバッグを網で叩いたときに、なんらかの反応があってもいいはずです。それ以前に、もし生きていたなら、いくらぼくが頼んでも向山は荷室を開けなかったでしょう。そもそも、いくら大型のバッグだからといって、よほど不自然な姿勢に身体《からだ》を曲げなければ収まりません。さらにもうひとつ、生きていれば、彼女の車がどれなのか、向山たちは本人から聞きだせたはずです」

それができなかったから、下川は所持品にあった鍵に合う車をさがさねばならなかった。そういうことなのか？　丸江はハンドルの陰で揺れる鍵に目をやった。自分と同じように、複製したキーを常用していたとすれば、みただけでメーカーを特定することはできない。であれば魞沢のいうとおり、直接試してみるしかない。候補はたった二台なのだ。

「向山たちが湿原に棄《す》てようとしているのは、空き缶なんかじゃなく、女性の遺体ということ？」

「女性かどうかは確信がもてませんが」

「……やっぱりバカげてるわ」

丸江は前方の一点をみつめた。頭の隅がチクチクするような感覚があった。なにかが引っかかっている。彼女は山頂で会った向山の様子を思いだそうとした。自分はあのとき、彼となにを話した？　なにか不審な様子はあっただろうか？

「バッグのなかの人間は、向山たちが殺したというの？」

その問いに、鮴沢は「わかりません」と前置きしたうえで、

「向山たちが発見したとき、その人物はすでに死体だったのかもしれません。なにしろ先週の大雨で、山の状態は決してよいものではありませんでした。それが原因で、なんらかの事故が起きたとしても不思議はありません」

丸江はハッとした。そうだ、手すりだ。手すりを塗りなおす——そういって向山はカモシカコースを立ち入り禁止にした。だが、ほんとうにそんな理由だったのだろうか？

ぬかるんだ登山道、水を含んだ山肌、修繕の行き届いていない手すり……彼女は思い描いた。カモシカコースを歩いていたひとりの女性が、足を滑らせてか、あるいはもたれかかった手すりごと地面が崩れ落ちたのか、崖下に転落して命を落とした。それを、山頂の募金を回収しようと登ってきた向山たちが発見した。彼らは事故を隠すため、その死体を密かに車に運び込み、登山道を立ち入り禁止にして、現場の痕跡を消し去ろうとする……。

忘れていた足首の痛みが甦《よみがえ》る。脳裡《のうり》に、汚れた服装のまま身体を不自然に折り曲げられ、ボストンバッグのなかに詰められている女性の姿が浮かんだ。顔は、ただの黒い影でしかない。

鮴沢の妄想を受け入れかけていることに気づき、丸江は戸惑った。だが想像は、またべつの連想を呼び起こした。もし自分があのとき、野うさぎコースではなくカモシカコースを選び、向山たちの隠蔽《いんぺい》の現場を目撃していたとしたら——背筋に氷が触れたような冷たさを感じた。

「彼らは、空き缶を捨てるのと同じような理屈で、遺体を棄てようとしている。そういうこと?」

「おそらく」

登山道の管理に問題があって死亡事故が起きたとなれば責任は重大だ。だが死体をクネトに押しつけることで、自分たちの責任を回避できるだけでなく、湿原の印象にダメージを与えることもできる。一石二鳥——丸江は慄然《りつぜん》とした。

「遺体だけを移動して車を高原に残しておくわけにはいかない。それで下川が車を運ぶ役を担《にな》ったのね。でも、それだけで遺体の人物が高原にきていたことを隠せると思う? いまの時代、いくらでも記録が残るのよ」

「向山たちの狙いは、その人物が高原にいた事実を隠すことではありません。高原で死亡した事実を隠すことです。遺体の人物は自分で車を運転してクネト湿原までやってきた——いいかえれば、高原を出発するまでは生きていた——そう思わせることです。遺体には動かした痕《あと》が残りますから、発見現場と死亡現場が異なるという疑惑はすぐに浮上するでしょう。だとしても、警察の目が湿原周辺にとどまってくれることを彼らは期待しているんです」

「安直だわ」

「ぼくの推測どおりなら、そもそも犯行は計画的なものではありません。みつけた遺体を空き缶に置き換えて考えただけの、発作的で乱暴なものです。ただし湿原という場所は、たまたまとはいえ、遺棄に向いているかもしれません。水の存在は、たとえば死亡時刻の推定を少しは面倒にしてくれるでしょう」

「遺体の変化に影響を与えるということ？」

「古い木製品ほどではないにしろ」

そのときだった。前方をゆく軽ワゴン車が左に曲がり、やがて林のなかに姿を消した。湿原の駐車場まで、まだ五キロはあった。

「こんな手前から林道に入るなんて、よっぽど人目を避けたいのね」

「途中からは、バッグを担いで林のなかを徒歩で移動する可能性もありますね。いくら場当り的といっても、タイヤ痕のことぐらいは考えるでしょう。あるいは、黄色い車が先で待っていて、それに乗り換えるのかもしれない。鍵を遺体に戻す必要がありますからね」

数分遅れて丸江の車もまた林道に踏み込んでいった。だが、すぐ進路に迷うことになった。道が分かれている。向山がどちらに進んだかがわからない。鮎沢がいったタイヤ痕など、素人《しろうと》に判別できるものではなかった。彼女は車をとめた。カーナビの画面を拡大し、スクロールする。

「この先も分岐がいくつかありますね」

「どれも湿原の奥の沼地のほうに向かってはいるけれど……」

いくつかの道は、そのまま湿原の先に抜けられるようになっていた。あたりはもう薄暗い。

鳥の鳴き声が、なにか不吉なもののように聞こえる。すると鮎沢が、突然ナビの電源を切った。

「どうしたの？」

「丸江ちゃん、ここまでにしましょう。この先は危険です。すでに携帯電話もつながりません」

彼女にもそれはわかっていた。運転の不安だけではない。向山の運んでいるものが空き缶などではなく、ほんとうに死体ならば、追跡に気づいた相手が思いきった行動にでないともかぎらない。なにしろ彼らはいま、安直で乱暴で発作的なのだから。

「でも、せっかくここまできたのよ」

鮎沢は首を横に振った。手をそっと丸江の腕に置く。

「丸江ちゃんがいったとおり、現時点ではすべてぼくの妄想にすぎません」

落ちついた、穏やかな声だった。みつめられ、丸江は奇妙な安心感とともに、一気に現実に引き戻された気がした。

「もし妄想でないとしたら、近いうちに遺体が発見されるか、あるいは行方不明者の捜索がはじまります。放置された車もみつかるでしょう。ぼくらの出番はそのときです。さっき渡した黄色い車のナンバーが放置車両のものと一致すれば、警察はぼくらの話を喜んで聞いてくれます」

鮎沢が、手に力を込めてうなずいた。

……そうだ。すべては目の前にいる男の想像の産物でしかないのだ。軽ワゴン車に女性の遺体が積まれている？　そんな確証は、どこにもないではないか。

「明日あらためて林道を走ってみてもいいじゃないですか。ぼくは村に一泊するし、丸江ちゃんもボランティアで湿原に……」

彼女は全身から力が抜けるのを感じた。眠りに落ちる直前のように、鮎沢の声は、どこか遠くで聞こえるようだった。

そうね、引き返しましょう――頭を冷やしたらそう返事をするつもりで、彼女は運転席の窓を大きく開けた。途端、冷たい風に乗って、甘い花の香りが車内に吹き込んだ。その香りが、丸江の記憶を不意に刺激した。

（あっ）

彼女は静電気に弾かれたようにハンドルから両手を離した。

（甘い香水の匂い……）

想像のなかで、ただの黒い影でしかなかった遺体の顔に光があたった。照らしだされたのは、高原の売店で出会った、あの若い女性の顔だった。丸江は驚いた。突然、涙が溢《あふ》れてきたからだ。

夫を亡くしてから数年、丸江は過去に生きる時間が多かった。家から一歩もでずに、何日もすごすことがあった。もともと社交的な性格ではなかった。思い出のなかでだけ、彼女は夫とふたり、いろんな場所へでかけていった。

その様子を心配し、しきりに声をかけてくれる人たちがいた。かつて夫の付き添いで参加したクネトを守る会の知人らだった。最初のうち、彼らの声はなにも心に響かなかった。いいから放っておいてほしいと願った。しかし何度も連絡をもらううちに、気持ちが少しずつ動き、変化していった。自分を気にかけてくれる人がいる。そのことが彼女に力を与えた。

これではいけない――やがて奮い立ち、一念発起して自動車の免許をとった。地域の活動にも参加し、友人が増えた。夫を忘れるわけではなかったが、まるで生まれ変わったような気分になることさえあった。

（あのとき、高原の遊歩道の入口で――）

たとえ煙《けむ》たがられたとしても、もし自分が声をかけていれば、彼女の運命はちがっていたのではないか――そんな思いが丸江を捉えた。小さな出来事が、未来を左右することがある。朝の蝶の羽ばたきが、夜の竜巻を起こすように。

「大丈夫ですか」

鮎沢が、心配そうに彼女の顔を覗き込んだ。

「……あの娘《こ》は、たったひとりで山にいたの。きれいなピンクのスニーカーを履いて……なのにイヤホンで、森の声にも耳を閉ざして……」

「え？」

「……鮎沢くん」

「はい」

「お願い。もう少しだけ、付き合って」

彼女は震える指で、ナビの電源を入れた。

「もし妄想でないなら、一秒でもはやく彼女をみつけてあげたいの」


森の道は徐々に高度をあげ、十分もしないうちに車は小高い山の上を走っていた。やがて湿原へと至るであろう右手の谷は、いまは深い闇にしかみえない。気づかれないことより、とにかく向山たちをみつけることを優先し、ヘッドライトをつけた。

霧がでたり晴れたりした。車はのろのろとしか進めなかった。カーブを曲がりそこねれば、谷にまっ逆さまだ。暗い道の先に、突然ふたつの光る点があらわれ、丸江は「きゃっ！」と声をあげてブレーキを踏んだ。立派な雄のカモシカが、こちらをみていた。

「……光ってる」

鮎沢が呟いた。

「ええ。カモシカの目が……」

「いや、そうじゃなく……崖が」

鮎沢が丸江の目の前に腕を伸ばし、運転席側のガラス越しに、谷のほうを指さした。彼女はゆっくりと、その先を追った。

「ほんとだ、光ってる！」

谷を挟んだ向こうの斜面の一部が照らされて、闇のなかに丸く浮かびあがっている。ふたりはほとんど同時にシートベルトをはずし、そとに飛びでた。

「気をつけてください！」

鮲沢の注意も聞かず、丸江は谷を覗き込んだ。崖の途中、数メートル下の、まるで小さな踊り場のような場所に、軽ワゴン車が助手席側を上に向けて横転していた。そのヘッドライトが、谷向こうの山肌を照らしていたのだ。

転落の最中になぎ倒したのであろう、数本の樹が根を露《あらわ》にしていた。あれが勢いを殺してくれなかったなら、車は谷底まで落下していたかもしれない。

丸江は懐中電灯をとりだした。尻で滑るようにして崖をくだり、横転した車の上に直接おり立った。

「ここのドアが開くわ！」

助手席からもぐり込む。

「しっかりして！」

運転席でぐったりしている男の頬を軽く叩くと、弱々しいが、反応があった。

「生きてる」

シートベルトをはずしたが、向山の身体はつぶれた運転席に挟まれて動かすことができない。

「大丈夫よ」

そう呼びかけ、丸江は後部の荷室に目をやった。ボストンバッグが片隅に転がっていた。

「鯱沢くん、うしろを！」

鯱沢はすでに歪《ゆが》んだバックドアと格闘していた。軋《きし》むような音をたててドアが開き、彼は引っぱりだしたバッグを抱えたまま仰《あおむ》向けに倒れ込んだ。車から飛び降りた丸江が駆け寄る。

「……開けるわよ」

彼女はジッパーに手をかけた。指が震える。間違いであってほしいと願った。だが、パリパリと開いた口からは、哀しいほど甘い香りが溢れでた。そして、かすかな土の匂いが。

まず、ピンクのスニーカーが覗いた。細い脚、華奢《きやしや》な肩……やがて後頭部がみえた。そっと髪に触れてみる。乾いた泥の手触り――それでもなお柔らかな、女性の髪だった。霧越しの月明りが、彼女の全身をぼんやりと照らした。想像していたような酷《ひど》い姿勢ではなかった。折り曲げた膝にそっと手を添え、まるで胎児のように収まっていた。

顔をこちらに向けてみる。首の動きが少しだけ硬く感じられた。触れた肌は冷たく、土で汚れていた。だが、

「みて。顔に傷がない」

「はい」

きれいなうちにみつけてあげられた——丸江はそう思った。

向山の呻《うめ》く声が聞こえ、彼女はつよく唇を噛んだ。

「苦しいだろうけど、そのくらい我慢なさい！」

丸江は立ちあがった。

「急ぎましょう。助けを呼ばなきゃ」

携帯電話の電波が通じる場所まで戻らなければならなかった。遺体も、いまはここに置いておくしかない。すぐ迎えにくるわ——丸江は心のなかでそう呼びかけた。そうだ、下川は今頃どうしている？　ええい、知ったことか！　彼女は崖をよじのぼった。Uターンできる場所まで、愛車は細い山道をバックで駆けた。

丸江は、月に照らされた遺体の様子を思いだしていた。……そうだ、月がでていたのだ。いつの間にか、空を覆っていた雲はなくなっていたらしい。

開いた窓から車内に吹き込んだ風が運んできたものは、夜の静寂《せいじゃく》ではなく、山の生き物たちの命の音だった。森が眠るには、まだはやすぎる。

「……ねえ、鮲沢くん」

やがて丸江は、話しはじめた。

「あなたがつかまえた蝶がいたでしょう？　あの蝶は、ほんとうに香水の匂いに誘われて車のなかに紛れ込んだのかしら」

鮎沢は、ちょっとだけ驚いた様子で丸江をみつめた。それは、彼女の声が不思議と明るさを帯びていたことに関係があるかもしれなかった。彼は、ふっと緊張がほぐれたときのような、やさしい表情になった。

「さあ、どうでしょう。あり得ないことではありませんが、車のドアが開いていたときに、たまたま入ってきたと考えるほうが、自然なように感じます」

「わたし本で読んだことがあるの。いろいろな国で、蝶は死者の魂と考えられていたんでしょう?」

「ええ。イモムシから、蛹というまるで死んでいるかのような状態を経て、蝶という美しい姿に変化をとげる……その様《さま》が、死者の復活や転生といった神秘を想起させたからかもしれませんね」

「あなたがみつけた蝶が、そうだったとは考えられない? 閉じ込められていることを知らせるため、彼女の魂が蝶に姿を変えて、あなたを呼び寄せたんじゃないかしら」

丸江は、そう信じてみることにした。そしていま、女性はボストンバッグのなかで蛹に戻り、静かに眠っている。来たるべき、次の生に向けて。

ナナフシの夜

倉田詠一《くらたえいいち》がバー〈ナナフシ〉のドアを開けると、笑い声が通りに漏れた。正面の七席しかないカウンターの左端に、保科敏之《ほしなとしゆき》の背中がみえる。その隣で揺れているもうひとつの背中には見憶えがなかった。

ドアの音に気づいたのだろう、マスターの「いらっしゃいませ」より先に、敏之が振り向いた。

「ああ……倉田くんか」

彼の落胆があまりにあからさまだったので、倉田は思わず吹きだしてしまった。

「すみませんね、奥さんじゃなくって」

「いや、そういうわけじゃ」

「だいぶ待たされてるんですか？」

「仕事が長引いてるみたいでね」

敏之はバツが悪そうに額をかいた。タレ目気味で鼻が大きく、顎《あご》は丈夫そうで顔の輪郭《りんかく》が四角い。黙れば精悍《せいかん》、笑えば柔和という得な顔立ちをしている。以前年齢を訊《たず》ねたら、ひと回り上の四十八だったが、じつに気の置けない人物で、倉田は「敏之さん」と下の名で呼んでいた。中年らしく適度に貫禄のある身体《からだ》を、濃紺のスーツが引き締めてみせている。

「そこに座ったら?」

敏之に促され、倉田は見知らぬ男の横に腰掛けた。曖昧《あいまい》に頭をさげると、相手も会釈《えしゃく》を返してきた。

「ビールをください」

「かしこまりました」

金曜日の午後七時。営業の外回りから、倉田は直接〈ナナフシ〉にやってきた。背の高い円筒形のグラスへ、はじめは大胆に、やがて繊細に、マスターがビールをそそいでゆく。その様子を眺めながらネクタイをゆるめると、やっと週末の気分になった。

「おまたせいたしました」

満ちたグラスと、三分の一ほど中身の残った瓶が同時にカウンターに置かれた。

「倉田さん、オリーブはお好きですか?」

「好物です」

マスターはうなずいて、奥の厨房《ちゅうぼう》へ引っ込んでいった。

グラスは薄づくりで、触れた手と唇に、ビールの冷たさがほとんど直《じか》に伝わった。黄金色の液体はやわらかな泡を伴って喉を流れ落ち、爽快なホップの香りが鼻腔《びこう》に満ちる。グラスはひと息でほとんど空《から》になった。するとすかさず隣の男の手が瓶に伸びた。倉田はそういった世話をあまり好まなかった。だからといって断るほど野暮《やぼ》でもない。

「これはどうも」

ところが、さしだしたグラスに勢いよくつがれたビールは、ほとんどすべてが泡に変わり、そのうえ縁《ふち》から溢《あふ》れてしまった。

「ああっ！　すいません」

「わわ……大丈夫です」

倉田は慌ててグラスに口を寄せた。吸い込んだ泡は口のなかでいっそうふくれた。男はポケットからハンカチをだし、「すいませんすいません」とあやまりながらテーブルを拭《ふ》いた。ハンカチはしわくちゃで、しかもまったくといっていいほど水気を吸わなかった。

「エリサワといいます」

テーブルにビールを塗りひろげながら、男がそう名乗った。とうてい自己紹介のタイミングとは思えなかったが、そういわれたら、こちらも名乗るしかない。

「どうも、倉田です」

「最初からとんだ粗相《そそう》ですが、どうぞよろしく」

「ええと、敏之さ……保科さんとは、お知り合いで？」

「いえ。さっきここで会ったばかりです」

敏之はといえば、あたふたするふたりを横目でおもしろそうに眺めている。

男がハンカチの処置に悩んでいるところにマスターが戻ってきた。濡れたテーブルをみてクロスでさっと拭《ぬぐ》い、オリーブの小鉢を倉田の前に置く。そして隣の男には、大皿がはこばれてきた。

「おまたせいたしました。キノコのクリームパスタです」

「わあ！」

沈んでいた男の顔が、ぱっと輝いた。彼はいたく感激した様子だったが、みたところなんの変哲もないパスタだ。ただ、そんなメニューがあったとは知らなかった。訊いてみると、マスターはグラスを磨《みが》きながら、

「メニューにはありません」

とこたえた。

「ぼくのリクエストなんですよ」

パスタ好きの男が嬉しそうに教えてくれた。

「イリサワさんの？」

「あ、イリじゃなくエリです。ほら、これ。エリンギの、エリ」

彼は具のエリンギをフォークですくいあげ、倉田の鼻先にちらつかせた。

「ああ、そうでしたね。エリサワさんは、この店は……」

「今日がはじめてです」

「それでいきなりメニューにない品を注文ですか」

倉田の口調に棘《とげ》を感じたのだろう、敏之が会話に割って入った。

「彼、山でキノコを採ってきた帰りなんだってさ」

「いやあ、おもしろいように採れました！」

当の男は小さな棘など痛いどころか痒《かゆ》くもないらしい。

「そのくせ『自分は料理ができないので、どうしていいかわからない』なんていうからさ、マスターに頼んで調理してもらったんだよ」

「そういうことですか」

敏之は気さくな性格だし、エリサワも人見知りするタイプではないようだ。キノコの話で打ち解けて、隣り合って飲むことになったのだろう。

「自分で採ったキノコが入っていると思うと、格別おいしいものですね！」

エリサワは満面の笑みでフォークをくるくるまわし、毛糸玉みたいな麺のかたまりを皿の上にこしらえた。倉田はオリーブの塩気をたよりに、半分気の抜けたビールを飲み込んだ。

「このエリンギの歯応えの素晴らしさといったら。キノコでもなんでも新鮮なうちがいちばんおいし……ん？」

忙しく動いていたエリサワの手と口が同時にぴたりととまった。顔を近づけ、皿のなかをまじまじと眺めている。

「どうした？　髪の毛でも入ってたかい」

「とんでもない。髪の毛なんて一本たりとも入っていません。入っているのはベーコンとタマネギ、それにエリンギだけです」

「なんか問題あるの？」

「……あの、マスター」

「はい」

「ぼく、エリンギなんて採ってきましたっけ？」

「……じつはお客様、たいへん申しあげにくいのですが、お預かりしたキノコはパスタに入っておりません」

「え？」

「どうにも胸騒ぎがいたしましたので念のため図鑑で調べましたところ、すべて毒キノコでした」

「ええっ！」

「すぐ申しあげればよかったのですが、嬉しそうなお顔を拝見していましたら、わたくしどうにも……」

エリサワは死んだ魚のようにぽかんと口を開けた。もっとも家にもち帰って食べていたら、そんな比喩《ひゆ》では済まなかったかもしれない。敏之が大笑いしながらエリサワの肩を叩いた。

「いやあ、ラッキーラッキー！　ここに寄らなかったらエラいことだったぞ。キノコ狩り、はじめてだったのかい？」

「じつはそうなんです。そもそも目的はムシでした」

「蒸したって毒は消えないだろう？」

「そうじゃなくて、虫です。昆虫をさがしてたんですよ。それで森のなかを歩いていたら、キノコ狩りにきていた老人が、食べられるキノコだと教えてくれたんです」

「おいおい、今頃大丈夫かね、その老人。あっはっは。いやあ、まいったなあ。笑ったら暑くなっちゃったよ。マスター、よく冷えたビールを。このラッキーボーイにも俺のおごりで……え？　カルーアミルクがいい？　虫じゃないんだから、そんな甘いものやめとけ」

敏之は倉田とマスターにも一本ずつごちそうするといった。乾杯のとき、エリサワは恥ずかしそうに頭をかいていた。おそらく三十代半《なか》ば、同世代であろうこの男のことを、倉田はすっかり憎めなくなっていた。

「森って、どのへんですか？」

「千早《ちはや》浄水場の裏山です。ここから川沿いを南下した先の」

行きはＪＲの駅からバスをつかったが、帰りは歩いてきたという。

「あんなところから？」

「五キロはあるんじゃないか？」

「甘くみてました。それで結局、駅にたどりつく前に力尽き……」

「ははは、ここに入ったってわけだ」

店から駅までは、まだ二キロ以上の距離がある。

「堤防の上から通りのネオンがみえたもので、光に誘われる虫のように……。節約のつもりで歩いたのが、逆に高くつきました」

「なにいってんだ。病院代が浮いたと思えば安い飲み代だよ」

「ごもっともです」

東を流れる一級河川と、西を流れる運河跡の水路によって、住宅地からも繁華街からも隔《へだ》てられた都市の片隅……そんな場所にバー〈ナナフシ〉はある。住宅街へとつながる大橋の袂《たもと》から北に延びる路地裏には、〈ナナフシ〉のほかにも食堂やスナック、深夜営業の喫茶店が数軒看板をだしていた。いちばん大きな看板は、北のT字路の突き当りにあるラブホテルのものだ。〈リバーサイド〉という名のホテルなのに、なぜかイルカの形をしたネオンが入口で迎えてくれる。白い壁は色とりどりにライトアップされ、陽が落ちれば、通りは退廃的ながらも、どこかメルヘンチックな雰囲気に満ちるのだった。

「なんでこの店を選んだんだい？　たいして酒が飲めるってわけでもなさそうだけど」

「それはもちろん、店の名前がナナフシだったからです」

エリサワは胸を張ってこたえたが、訊ねた敏之はピンとこない表情で腕を組んだ。

「そりゃあ……どういう意味だい？」

「……今日、森のなかでさがしていた虫というのが、まさにナナフシだったんですよ」

「……マスター、ここの『ナナフシ』って、虫の名前なの？」

「ご存じありませんでしたか？」

「知らないよ、そんな虫」

倉田のほうはナナフシという虫がいることは知っていたが、それを店名と結びつけて考えたことはなかった。

「みたことないですか？　胴体と脚が異常に長くて、樹の枝なんかにぶらさがってじっとしていると見分けがつかないような……」

エリサワが説明をつづけると、そのうち敏之は両手をポンと叩いた。

「ああっ。なにかの写真でみたぞ。細い竹の棒っきれみたいな虫だろ？」

「まさにそれです。ナナフシは漢字で竹節虫と書きます。彼らは樹の一部に擬態《ぎたい》して捕食者から身を隠すんです。いわゆる隠蔽《いんぺい》型擬態……カムフラージュともいいます。さらに驚くべきはこのナナフシ、樹上から卵を産み落とすんですが、この卵までが、なんと植物の種子に擬態しているんです！」

エリサワが荒い鼻息を発して、目の前のグラスを一瞬だけ曇らせた。放っておくといつまでも虫について喋《しゃべ》りそうだったので、隙をみて倉田が、

「マスター、どうしてそんなヘンテコな虫を店名に？」

と、話の軌道を修正した。

「止まり木という言葉がございます」

マスターは穏やかな声でそういった。

「まさに、ここですよね？　バーのカウンター」

倉田がテーブルを軽く叩きながらこたえると、

「細かくいえば、この腰掛けのことだ」

と、敏之が注釈を入れる。マスターはどちらにも微笑を添えてうなずいた。

「さようでございます。ただ、『止まり木』という言葉は、わたくしには鳥籠《とりかご》のなかに渡された一本の横木を連想させるのです。カウンターが鳥籠の横木であれば、店は鳥籠そのものということになりましょう。お客様は皆、会社なり、家族なり、なんらかの組織というもの……大きくいえば社会という檻《おり》のなかで暮らしていらっしゃいます。束の間そこを抜けだし、心を休めようと訪れた場所まで籠のなかでは、あまりに酷《こく》ではございませんか。わたくしは店名を〈ナナフシ〉にすることで、この止まり木を、森のなかの一本の樹に喩《たと》えたかったのです」

ビールを飲んだせいか、マスターはふだんより少し饒舌《じょうぜつ》だった。倉田はその話に、すっかり

感じ入ってしまった。そっと目を閉じ、静かにビールを口に運ぶと、爽やかな香気が手伝って、心に森の情景がひろがった。ナナフシは擬態によって身を守り、休息する。それに対し自分たちは、社会における擬態を解くことで束の間の安息を得る……なんだか不思議な気分になった。

左をみると、エリサワは口を開けて天井を仰《あお》いでいる。昼間の木漏れ日を思いだしているのかもしれない。その向こうの敏之は、やはり感慨に浸った様子で手のなかのグラスをみつめていたが、不意に自嘲《じちょう》するような笑みを浮かべ、

「なるほど。〈ナナフシ〉という店名は、この止まり木に集う、われわれのことをいっているわけだ」

そういってビールを飲み干し、それきり黙ってしまった。

「エリサワさんのおかげで、いい話が聞けましたね。ナナフシにも興味が湧きました」

倉田の言葉に、エリサワが嬉しそうな顔をした。

「ナナフシのような奇妙な虫をみると、進化というものには、やはり何らかの意思が作用していると思わざるを得なくなります。枝になりたいという強い願いなくして、あのような姿に到達できるとはとても考えられません。ぼくはそのうち、ナナフシは本物の樹になってしまうだろうと思っています」

調子づいてとんでもない説までぶちあげたエリサワが、右手でグラスを高くかかげた。

「さあ、もう一度乾杯しましょう！」

「乾杯って、なににですか?」

「もちろん、われら『ヒトナナフシ科』にですよ」

乾杯を済ませたちょうどそのとき、背後でドアが開いた。カウンターの三人は一斉に振り返った。

「いらっしゃいませ。ご主人がすっかり待ちくたびれてますよ」

マスターの冗談めかした言葉に、彼女は肩の水滴を払いながら微笑《ほほえ》んだ。閉じかけたドアの向こうに、細い雨の線がみえる。雨は赤や青に光っていた。〈リバーサイド〉の白壁を照らすネオンがときおり向きを変え、投光器のように光の束を通りに放つのだ。

「保科結《ゆい》さん。敏之さんの奥さんです」

彼女をじっとみつめていたエリサワに、倉田が耳打ちをした。エリサワは「ほう」といってうなずいた。

結は四十歳に届くかどうかといった印象の、小柄で丸顔の美人だった。化粧っ気はあまりなく、唯一唇だけがピンクに艶《つや》めいている。黒目勝ちの瞳に、倉田は彼女の純粋さを勝手に感じとっていたが、そのぶん目の下の濃い隈《くま》を、いつも惜しく思っていた。

ドアの近くに立ったまま、結はカウンターの左端に座っている敏之に、うかがうような視線を向けた。彼はグラスを手に立ちあがり、右からふたつ目の席に移動した。彼女はほっとした様子で、いちばん右の壁際に腰掛けた。

「いつもおふたりでここに？」

今度はエリサワが倉田の耳もとで訊ねる。

「ええ。仕事帰りに待ち合わせるみたいで」

「仲がいいんですね」

「常にとはかぎりませんけどね」

「ほう」

「奥さんのほうに気分の波があるらしく……どうやら敏之さんにとって、ここは必ずしも安息の地ではないようです」

敏之と結が姿をみせるようになったのは半年ほど前からで、月に一度か二度、たいてい金曜の夜にやってきて、軽い食事をとりながらアルコールを入れる。ふたりとも決して飲みすぎることはなかった。はじめて店にきた夜、敏之はキープしたウイスキーのボトルに大きな字で「保科敏之・結」とサインを入れた。それで倉田はふたりの名を知った。結が恥ずかしそうにしていたことを憶えている。

そんなことを思いだしているうちに、エリサワが空《あ》いた左端の席にずれた。

「隅っこのほうが落ちつくもので。倉田さん、こちらにどうぞ」

どうぞといわれ、べつにそうする必要はなかったのだが、倉田も左に詰めた。七席のカウンターの左にエリサワと倉田、右に結と敏之が座る恰好となった。

エリサワはその後もナナフシの話をつづけた。彼によれば、ナナフシには褐色のものと緑色のものがいる。緑色のナナフシは樹の幹や枝に化けるのが不得手にちがいないから、葉や草に紛れるのだろう。

「保護色は擬態にとって重要です」

エリサワがそういったとき、離れた席から敏之の声が飛んできた。

「俺は枝の上に緑のナナフシがいても気づけないかもしれないな」

それを聞いた倉田は、なにかの謎かけかと思ったが、そうではなかった。敏之は色覚に異常をもっているというのだ。

「むかしは色盲や色弱と呼んでいたけどね」

「じゃあ敏之さんは、色がみえないんですか?」

「まったくじゃないよ。ちょっとむずかしい話をすると、ヒトの網膜《もうまく》には、色の知覚に関わる三種類の視細胞《しさいぼう》がある。俺は長い波長の光……ごく簡単にいえば、赤い光につよく反応するタイプの細胞に問題がある」

「つまり、赤がわからない?」

「わからないというのはちょっと誤解があるけど、自分には、赤は非常に暗くみえる。黒とたいして変わらないような色にね。ピンクはグレーとの区別がむずかしい。このタイプの色覚異常は、赤だけじゃなく緑色の識別も苦手でね。茶色や褐色との見分けがつきにくいんだ。異常の程度は人によってちがうから、あくまで俺の場合は、だけどね」

「ああ……それで『枝の上の緑のナナフシに気づけない』というわけですか」

「でも、日常生活に大きな支障があるわけじゃないのよね。車の免許だってあるし」

黙って聞いていた結が会話に入ってきた。庇《かば》うような口調だった。

「ふだんは夫の色覚に問題があるなんて、まったく意識しないんです。いまだって忘れていたくらいで……」

敏之は、明暗の視覚情報に加え、知識や経験で補える部分が相当あると説明した。

「たとえば、あそこにぶらさがっている花」

彼はカウンターの向かいの壁を指さした。壁のフックに、麻紐《あさひも》で束ねられた数輪の花が逆《さか》さに吊るされている。乾燥途中の花は、まだ鮮《あざ》やかな色を残していた。

「マスター、あの花は、濃いピンク色でしょう?」

「さようでございます」

「俺はピンクという色を知ることはできないが、自分なりのピンクのみえかたというものはある。グレーとの区別はむずかしいが、灰色の花というのは、あまり聞いたことがないからね」

「なるほど」

倉田は些《いささ》か感心するとともに、色覚の多様性に対する自身の誤解に気づかされた。

「そういえば、いまでも学校で検査するんですかね」

「いや、強制検査という形ではやっていないはずだ。いまは寄生虫も調べないいんじゃないかな」

寄生虫という言葉に反応したのは、もちろんエリサワだった。

「ナナフシをつかまえたら洗面器にでも水を張って、そこにお尻をつけてみてください。運がよければ針金そっくりの生き物がニョロニョロと……」

エリサワは悶《もだ》えるナナフシの真似をして両腕を宙に泳がせていたが、やがて「あ……」と吐息のような声を漏らして、崩れるようにカウンターに突っ伏した。迫真の演技ですねと誉《ほ》めるつもりで待っていたが、一向に顔をあげない。信じがたい現象ではあったが、急に酔いがまわって意識を失ったらしい。

テーブルと同化するように上半身を平らにしているエリサワをみて、

「まさにヒトナナフシですね」

と、マスターがいった。

それから十五分ほど経ってエリサワが鼾《いびき》をかきはじめた頃、結が敏之を責める声が聞こえてきた。倉田は右耳に神経を集中した。彼女は週末の予定について不満をこぼしているようだ。

──たまには、わたしとの時間をいちばんに考えてくれてもいいでしょう?

──仕事みたいなものだって何度もいってるじゃないか。

ふたりとも調子を極力抑えようとするのだが、ときおり声が大きくなる。似たようないい合いは、これまでも度々あった。倉田は、結の目の隈が、今夜はやけに濃かったことを思いだした。そんなとき、彼女の情緒の針は決まって不安定側に振れているのだと、彼は決めつけている。

結の不満に対し、敏之は水割りを傾けながら弁解に終始するのが常だった。彼のいい分に納得できない結が、さらなる攻撃をしかけようとしたタイミングで、寝ていたエリサワが突然起きあがり、スツールをおりて歩きだした。まさか喧嘩《けんか》の仲裁にでも入る気かと思ったら、なんのことはない、右手後方にあるトイレを目指しているだけだった。だが足もとのおぼつかないエリサワは、トイレまでの直線から大きく逸《そ》れ、弧を描いて敏之の背中に突っ込んでいった。彼の飲みかけの水割りがこぼれた。

「あっ!」

と叫んだエリサワだったが、立ちどまっている余裕はないとみえ、「ああ……」と切ない声をだしながらトイレに消えた。数分経ってでてきた彼は、結がハンカチで敏之のスーツを拭《ふ》いているのをみて、だらしなくゆるんだ顔を引き締めた。

「だ、大丈夫ですか?」

「気にしないでください。エリサワさんこそ大丈夫でしたか?」

「すんでのところで」

「それはなにより」

敏之が笑った。すると、

「あの……これ、どうぞ」

結がそういって、エリサワにもう一枚べつのハンカチをさしだした。

「え?」

「それ……びしょびしょです」

みればエリサワは、例の汚れたハンカチでしきりに手を拭いていた。彼は飲んでも赤くならなかった顔を、さっと紅潮させた。

「……必ず洗ってお返しします」

「さしあげます。安物ですから……あら?」

結の視線は、すでに敏之のスーツに戻っていた。

「……落ちかけてる」

彼女がそう呟《つぶや》くと、エリサワは大袈裟《おおげさ》にうろたえた。

「そ、それは大変です。こんな良いスーツが色落ちなんてしたら」

「あっ、ちがうんです。ボタンがとれそうになってるんです」

「……ああ、ほんとだ。上着の前ボタンがひとつ……」

「脱いで。縫ってあげる」

「え？　べつにいいよ」

「すぐ済むから！」

「怒るなよ」

敏之は渋面《じゅうめん》をつくって上着を脱ぎ、結に渡した。彼女はハンドバッグからソーイングセットをとりだしテーブルに置いた。倉田はなんとなく、その様子を眺めていた。黒に白に赤に黄色……セットのなかには何色かの糸と、ハサミにピンセット、名前のわからない金具や、針の束がみえた。結は小さなハサミでゆるんだ糸を切った。

水割りがこぼれたおかげで夫婦喧嘩はお流れになった……そう感じ、倉田は他人事《ひとごと》ながらほっとして、彼らから目を逸らした。

「いい仕事をしましたね」

席に戻ったエリサワに声をかけたが、彼は「なにがですか？」と首をひねるだけだった。

「さあ、できたわよ」

五分も経たないうちに結がいった。それを機に、彼らは「そろそろ」という雰囲気になった。八時半だった。ふたりは決して長居をしない。敏之は上着に袖をとおし、内ポケットから財布をだした。会計を済ませたふたりを、エリサワが見送りにいった。

「先ほどはすみませんでした。スーツ、ほんとうに大丈夫でしたか？　それにしても仕立ての立派なことで……」

調子のよいことをいいながら、生地《きじ》に触れたり埃《ほこり》をとったりしている。さながら舎弟か太鼓持ちだ。その後、ひとしきり頭をさげて戻ってきたエリサワは、なぜだか妙に間の抜けた表情になっていた。

「どうしました？　きょとんとしちゃって」

「……飲みすぎたかもしれません」

「そのようですね」

「ぼくにも黒と赤がわからなくなりました」

よくわからないことをいいながら目をこすり、彼はまた居眠りをはじめた。

翌、土曜日の朝。二日酔いの鈍い痛みと冷ややかな妻の視線を後頭部に感じながら、倉田は食欲が湧いてくるまで目玉焼きをじっとみつめていた。テレビから「ホシナトシユキ」という言葉が聞こえてきたのは、そんなときだった。倉田は頭のなかでその言葉を一度繰り返してから、「えっ？」と驚いて顔をあげた。

今日の未明、消防に女性から「夫が血を流し倒れている」との通報があった。駆けつけた救急隊員が、居間の床にうつ伏せで倒れている男性を発見した。背中には刃物で刺されたような傷があり、病院に搬送後、死亡が確認された。……そういったニュースのあいだ、テレビの画面は一軒の戸建《こだて》住宅の外観を映しつづけていた。

『……亡くなったのは、この家に住む四十八歳の会社員、保科敏之さんで、警察では殺人事件の疑いがあるとみて、通報した保科さんの妻から詳しい事情を聴く方針です。現場は市内西区《にし》にある静かな住宅街の一角で……』

画面に保科敏之の写真が映った。なにかのスナップを引き伸ばしたもので、昨夜〈ナナフシ〉で会った、あの敏之に間違いない。西区というと市の中心部を挟んで店とは反対側の地域にあたる。勤め先が店から近かったのだろうか……倉田はぼんやりそんなことを考えた。

画面がべつのニュースに切りかわった。県内で野生のキノコによる食中毒が多発しており、保健所が注意を呼びかけているという。倉田はチャンネルを次々と切りかえた。

「ちょっとあなた、どうしたの？」

「なんでもない！」

時計をみると十時を過ぎていた。倉田は、営業先の顧客から急な用件の電話があったふりをして外出し、開店直後の喫茶店に入った。事件は気になるが、妻の視線も気になる。おまけにぐずぐずしていたら、買い物に付き合わされてしまう。とてもそんな気分ではないのだ。

コーヒーを飲みながらスマートフォンでニュースを検索していると、昼近くになって複数の記事が配信された。それらを併せ読むことで、遺体発見時の状況がより詳しくわかった。

午前二時十五分に救急隊が到着した際、玄関の鍵はかかっていた。居間に灯りはついていたが、呼びかけに応答はない。居間のカーテンの隙間から倒れている敏之の姿がみえたため、やむを得ず窓を壊して室内に進入した。彼の意識はすでになく、傍《かたわ》らに包丁をもった女性が座り込んでいた。敏之の妻で、通報をおこなったのも彼女だった。彼女は錯乱状態にあったため、現在市内の病院に入院して治療を受けている……といった内容が伝えられていた。

倉田は帰宅する気にならず、喫茶店を数軒はしごした。夕方になり、県内最大の部数を誇る地方紙が、『妻を殺人容疑で逮捕へ』とする記事を配信した。捜査関係者によれば、医師の許可を得て彼女の聴取をおこなっており、容疑がかたまり次第、逮捕する方針だという。

逮捕の情報を受けてだろう、あるニュースサイトにアップされた近隣住民のインタビューは、やや踏み込んだ内容を含んでいた。

『……あ、はい。バイトの帰りでした。午前一時過ぎだったかな、女の人の怒鳴り声が聞こえてきて。……いや、最近はあんまりなかったんですけど、一年くらい前はときどきいい争うような声がすることはありました。その頃、奥さんのほうが病院に通ってたみたいで、なんとなく心配はしてたんですけど……』

倉田は加工された男の声を聞きながら、結の目の下の隈を思いだしていた。

午後七時、倉田は〈ナナフシ〉のドアを開けた。顧客の接待と嘘をついて、結局家には戻らないままだった。

カウンターの左端に先客がいた。なんとエリサワだった。さらに驚いたのは、彼がもう寝ていたことだった。倉田は隣のスツールに腰掛け、ビールを注文した。

「彼、もうそんなに飲んだんですか？」

「いいえ。カルーアミルクを一杯だけ。今朝はやくから、また虫採りにでかけていたそうです。そして今日もキノコのお土産《みやげ》をいただきました」

「大丈夫ですか？」

「大丈夫だと思いますよ。産直で買ったものだと仰《おつしや》っていましたから」

倉田はビールを飲んだ。

「知ってますよね、敏之さんのこと……」

マスターは無言でうなずいた。

「結さん、逮捕されるみたいです」

「夕刊にはありませんでしたが」

「さっき、ネットのニュースで」

「侵入者の犯行という線は、やはりなさそうですか」

たしかに、結は凶器となった刃物を拾って放心していただけ、と捉えることもできる。ただそれは、玄関や窓の施錠がされていなかった場合にかぎられる可能性だろう。自殺や事故は、傷の場所が背中という点から考えづらい。

「そういえば、もうひとつ気になるニュースがありました。結さん、病院に通ってたらしいんです。一年くらい前っていうから、ここにくるようになる以前ですけど」

「なにかご病気が」

「はっきりとはいってませんでしたけど、精神的なものというニュアンスでした」

「そうですか」

「たしかに情緒不安定なところがあるとは感じていました」

「喧嘩するほど……と、わたくしなどはむしろ微笑ましく思っていたのですが」

「昨夜は、敏之さんが忙しいことを責めていました。たまには自分を優先してほしいとか、たしかそんなことを。敏之さんのほうは、仕事だから仕方ないだろうとか、なんとか」

「すぐに仲直りしたものと見受けました」

「ええ。エリサワさんが敏之さんにぶつかって水割りがこぼれたおかげで、喧嘩はおさまりました。しかし、それが何時間も経ってから、再燃したわけです」

「若い恋人同士ならまだしも、夫の休日出勤がそれほど腹に据えかねるものでしょうか」

それは倉田も考えた。そしてひとつの結論に到達していた。

「もし仕事でなかったとしたら?」

「…………」

「男の仕事が急に忙しくなるとき、陰に女あり、です。そうは思いませんか？」

　倉田は自分の推理をマスターに話した。

「結さんは、敏之さんの浮気を疑っていたんじゃないでしょうか？　あるいは過去に実際、そういうことがあったのかもしれない。彼女が精神的に不安定になり、通院するようになった原因がそれだったんですよ。夫が週末に、仕事と称してでかけることに敏感だった理由も、同じです。結さんが心のバランスを崩し、治療を受けて快方に向かったあと、敏之さんは彼女と一緒に過ごす時間を増やすべきだと考えた。そのひとつが、この〈ナナフシ〉での時間だった。いや……きっと結さんの希望だったんでしょう。男ってのは、結婚して時が経つほど、妻をデートに誘うなんてことに気が回らなくなるものです」

「実感がこもってらっしゃる」

　いわれて倉田は苦笑した。

「彼らの自宅は、ここからずいぶん離れています。単純にふたりの職場が近かっただけかもしれないですが、できるだけ家から遠い場所を選んだとも考えられます。アルコールは少量でも気分に影響を与えますからね。家の近所や駅に近い中心部じゃ、町内の人間や職場の同僚の耳がどこにあるかわかりません。結さんの通院が噂になっていたことで、そのあたりを警戒し辺《へん》鄙《ぴ》な場所を選んだ……いや、マスター、機嫌を損ねないでくださいよ。店自体を悪くいってるわけじゃないんですから」

「お気づかいなく」

「敏之さんは、そうやって結さんの精神状態を落ちつけようと努めていたんです。しかし、もっとも肝心な努力が彼にはできていなかった。つまり、不倫をやめられずにいたんですよ」

「……念のため訊きますが、すべて倉田さんの推測ですね？」

「でも、矛盾はないでしょう？　昨夜、ふたりの喧嘩はたしかに一度おさまった。でもそれは、ちょっとした騒ぎのせいで、一時的に結さんが気持ちに蓋《ふた》をしたにすぎなかった。いつもなら彼女は、自分の気持ちが落ちつくまで敏之さんに感情をぶつけることができたのに、ゆうべはそれが中断されてしまったわけです。行き場を失った感情は、減衰することなく圧力を増しつづけた。深夜、なにかがきっかけとなり、押しとどめていた激情が堰《せき》を切って、奔流《ほんりゅう》となった……」

倉田は自分の言葉に息をのんだ。話しながら何度かグラスをもちあげたが、その度に口をつけないままテーブルに戻した。

隣の男に目をやると、昨夜同様カウンターに突っ伏しているので顔はみえない。背中が大きく上下に動いているので、生きてはいる。

「ここにも、警察のかたがみえるかもしれません」

不意にマスターが口を開いた。

「どういうことです？」

「ここはご夫婦が事件の前に立ち寄った場所です。結さんが聴取で昨夜の経緯を話せば、裏づけをとるために、すぐに刑事がやってくるでしょう」

「かまいませんよ。刑事に会えたら、逆に結さんの様子を訊ねてやります」

「では、ごゆっくりどうぞ」

「マスター、一杯いかがですか？　ごちそうします」

倉田の申しでにマスターは、

「少々お待ちいただけますか」

といってカウンターを離れ、奥に消えた。看板のネオンを消しにいったのだと気づいた。戻ってきたマスターは、三つのショットグラスにバーボン・ウイスキーをそそいだ。

「これはわたくしから」

「じゃあ、そろそろ彼を起こしましょう」

倉田が肩を揺すると、起きあがったエリサワは、焦点が合わない目であたりをオロオロ見回し、やがて、

「ナナフシだ！」

と、子どもみたいに大声をあげた。

「ですね。ここは〈ナナフシ〉です」

「そうじゃなくて、ほら、あそこにナナフシがぶらさがっていま……あ、ちがう。虫じゃない。

あれは……花だ」

　エリサワの指の先には、壁のドライフラワーがあった。そういえば敏之も昨夜、あの花を指さした。

「おや、これはなんでしょう?」

「カルーアリキュールの水割り。マスターからのおごりです」

　エリサワは倉田の言葉を疑いもしなかった。寝起きで鼻も利かないのだろう。

「保科敏之さんに」

　倉田の声で、三人は一斉に杯を呷《あお》った。バーボンの荒さが、この夜に似つかわしい。エリサワがはげしくむせた。

「ごめんなさい。嘘つきました」

　彼の背中をさすりながら、ふと棚に目をやると、敏之と結のボトルの横に、鯱沢という見慣れないサインの書かれた瓶がある。カルーアリキュールだ。

「あのボトル……もしかしてエリサワさんのですか?」

「ゲホゴホ、あい、そうです。ゲホ」

「エリサワって、ああいう字なんですか」

「メールなんかであの字をつかうと、相手のほうで読み込めず『?』マークで表示されることが多いようです。おかげで知人からハテナザワさんとバカにされています」

心底どうでもいい話だった。

「鯱沢さんも、ニュースをみてここへ?」

「はい、まあ、そうです」

たった一晩とはいえ義理を感じたのか、あるいは単に野次馬根性か。

「マスター、すみませんが水をもらえますか」

しかし鯱沢はコップの水を飲み損ね、さっそくテーブルの上にこぼした。「あらら」といいながらハンカチをバッグからとりだす。

そうかと思えば「おっと、間違えた」と呟いてハンカチをふたたびバッグに戻し、ズボンのポケットから、べつの一枚をだした。倉田はどちらのハンカチにも見憶えがあった。

「バッグのなかのハンカチ、昨日、結さんから借りたものですよね?」

「ええ。今日なら返せるかもしれないと思いまして」

鯱沢は、ちょっと理解しがたいことをいった。

「ええと……事件のニュースをみたんですよね?」

「はい」

「結さんは、ここにはきませんよ。事件の関係者です」

「だからといって、くるのが不可能というわけではありませんし、きてはいけないということもないでしょう」

「無理ですよ。事件直後から入院していて、その後は警察の取調べを受けているんですから。すでに逮捕の情報もでています」

倉田が諭《さと》すと、鮍沢は目をぱちくりさせた。

「……そうか。ぼくは寝ぼけていたようです」

「やっと気づきましたか」

「自分の考えが、すべて伝わっているようなつもりになっていました」

正気に戻ったかと思いきや、そのあと鮍沢の口からでてきた説明もまた、倉田には夢のつづきを話しているようにしか聞こえないものだった。

「もちろん結さんは重要な関係者にちがいありません。未明の事件は、彼女のある作為が引き起こしたものでした。しかし、あのときぼくが敏之さんにぶつかったりしなければ、そもそも結さんは、スーツのボタンがとれかけていることに気づかなかったかもしれないのです」

いったい、なんのことをいっているのだろうか。

「だからぼくは、結さんが〈ナナフシ〉にくる可能性があるならば、自分もここにいなければならない。そう考えたのです」

といわれても、なにをどう考えたのかまったくわからない。返事に困っていると、背後でドアの開く音がした。看板のネオンは消えているはずだが……そう思いながら振り返った倉田は、夜を背に立っている女性をみて、言葉がでなかった。

迎える声のない店内に、結がゆっくりと入ってきた。倉田は幽霊でもみるような心持ちで彼女を眺めた。もっとも、化けてでるとしたら敏之のほうなのだが。

「どうして……ここに?」

倉田は、やっとそれだけ訊ねた。

「今日こなければ、二度とこられなくなるような気がして……」

彼女の返答は、今日ならハンカチを返せるかもしれないという鮲沢の言葉と、奇妙に符合した。

「そうかもしれませんが……しかし結さんは病院にいて、警察の聴取を受けているはずじゃ……」

「それは、わたしじゃありません」

「じゃあ、いったい誰です」

「敏之さんの奥さんです」

「ですから……え?」

すっかり落ち窪《くぼ》んだ結の目が、カウンターの正面を見据えていた。

「わたしは敏之さんの、不倫相手にすぎません」

結は昨夜と同じ、右端のスツールに座った。彼女とのわずか数メートルの距離は、前日より遙かに遠く感じられた。

「……わたしと敏之さんは、会社の同僚でした。といっても、わたしは派遣社員で、去年の春に敏之さんのいる部署で働くことになったんです。正社員の人たちは、たいていわたしによそよそしかったのに、彼の接しかたはちがっていて、直接の上司部下の関係ではなかったこともあり、いつの間にか親しくなっていました。あるとき、帰りの駅で偶然一緒になって食事に誘われたんです。そういったことが何度かあり、わたしたちは男女の関係になりました」

「結さんは、結婚は?」

倉田の問いに、彼女は首を横に振った。

「わたし、こんな年齢にもなって、浮かれていたんだと思います。たぶん、彼も。だからすぐ、奥さんに勘づかれてしまいました。もちろん問い詰められたところで敏之さんは認めませんが、相手も納得はしません。そんな状況が何か月かつづいたあと、奥さんは精神的に不安定になり、体調を崩して通院するようになりました。一年前のことです」

彼女は淡々とつづけた。

「わたしたちは関係を清算しました。彼の部署異動と重なり、距離を置くことは簡単でした。けれど、完全につながりを絶つことはできなかった。奥さんの症状が落ちつくと、メールが届くようになり、そこから再会まで時間はかかりませんでした」

膝に置いた彼女の手が小さく震えていることに、倉田は気づいた。

「当然、敏之さんは以前より注意深くなっていて、残業や飲み会と偽って月に一度か二度、平日の夜にホテルで会うだけの関係がつづきました。彼は、奥さんに怪しまれないことが、ふたりの関係をつづけるためにもっとも大切なことだと、よくいっていました。でも、たまにはふつうの恋人や、ほんとうの夫婦のように、一緒に街を歩いたり、食事をしたりしてみたい……そんなわたしのわがままを聞いて、彼がこの店をみつけてくれたんです。彼の家からも、会社からも遠い、街はずれの小さなバーを」

結は、ふたりの名の入ったウイスキーの瓶をみつめていた。

「この場所でだけ、わたしは彼の妻を名乗ることができました。この場所にだけ、わたしたちを夫婦と認めてくれる人がいました」

擬態——その言葉が倉田の脳裡《のうり》に浮かんだ。

昨夜、マスターから〈ナナフシ〉の由来を聞いたあとの敏之の様子が甦《よみがえ》る。彼は、店を訪れる自分たちこそがナナフシなのだといって、物思いに沈んだ。あのとき敏之は、擬態という言葉に、夫婦を演じる自分と結の姿を投影したのではないか。

鮎沢が保護色の話をはじめると、敏之は離れた席から会話に割って入ってきた。あれは、彼女に擬態という言葉を聞かせたくなくて、ナナフシから話を逸らすためだったのかもしれない。

ふたりが店ですごす時間を決め、アルコールの量に節度をもっていた理由も、いまならわかった。彼らには、そのあと〈リバーサイド〉の一室ですごす時間が待っていたのだ。

「……彼との関係をとり戻せたことだけで、わたしは満足すべきでした。なのに、ときどき自分が惨《みじ》めに思えてしまい……嫌がられるだけとわかっていても、あの人にとって、いったいわたしは何なのか？　それを訊かずにいられないときがありました」

「たとえば、昨日の喧嘩のように？」

「彼が休日を奥さんとばかりすごすことが、急に腹立たしくなって……強欲なんです」

「敏之さんはあのとき、仕事だと説明していたように聞こえました」

「奥さんとの時間を、彼はいつもそんなふうに表現して弁解しました。仕事みたいなものだから仕方ない……って。彼の努力の甲斐あって、最近、奥さんの状態はかなり安定していたはずでした」

「今日は……どうしてここに？」

　意味は少しちがっていたが、倉田は最初の質問に戻った。

「敏之さんが死んでしまえば、わたしにはなにも遺《のこ》りません。彼がわたしを愛してくれた証《あかし》、彼とわたしがつながっていた証は、紙切れひとつないんです。誰もふたりのことを知らない。思い出を語る相手もいない。不倫とは、そういうものです。でも、わたしにはこの店があった。〈ナナフシ〉には、わたしたちふたりのことを記憶する人たちがいる。たとえ軽蔑《けいべつ》されたとしても、わたしはこの場所を失いたくないと思いました。だから、奥さんの名前がニュースで流れる前に、自分の口で事実を伝えたいと考えたんです」

肩にかかっていた髪が垂れて、彼女の横顔を隠した。通りから、雨の音が聞こえてきた。

「……結さんが今日ここにくることを、ひとりだけ予想していた人がいるんです」

倉田は彼女に告げた。結は髪を指でかきあげ、形のよい耳にかけた。

「誰でしょう？」

「鯱沢さんです……ということは、鯱沢さんは、結さんが敏之さんを殺害した人物でないことを知っていた。つまり、ふたりが夫婦でないと知っていたことになります」

鯱沢は困った顔で身体をもぞもぞさせた。

「まさか結さんと知り合いだったなんてことはありませんよね。なぜ、わかったんです？」

「……なんのことはありません。結さんは、敏之さんのスーツのボタンがとれかかっていることを知ると半ば強引に服を脱がせ、すぐに縫いつけました。ぼくはちょっと意外に感じました。これから仕事に向かうというのなら、わかります。しかし、帰宅前に立ち寄ったバーで、ボタンひとつを慌てて処置する必要があるでしょうか？　家に帰ってからやればいい話です。そんなことを不思議がっているうちに、もしかしたら結さんにとって、敏之さんは、帰宅したあとボタンをなおしてあげることのできない相手なのではないか？　という考えが湧きました」

「つまり、夫婦ではないのだと」

「はい」

返答に納得しかけたときだった。鯱沢の手のハンカチをみて、倉田は結がやってくる直前のやりとりを思いだした。腑に落ちないことがある。

「そういえば鲂沢さんは、結さんに『ある作為』があったと、いっていましたね。あれはどういう意味ですか」

鲂沢が「ぐう」と喉から変な音をだした。

「わたしの作為……ですか」

「ええ。そんなことをいっていたんです」

「いや、さっきは寝ぼけていて、なんとなく頭に浮かんだことをつい喋っただけです。おそらくなんの意味もないことでしょう。夢と一緒に忘れてしまいました」

鲂沢はわかりやすくうろたえていた。

「……あれに気づいていたんですね」

結がぽつりと呟いた。口もとに小さな笑みが浮かんでいた。自嘲とも、あるいは安堵ともとれる不思議な微笑だった。倉田を挟んで、結と鲂沢の目が合った。

「あれって、なんのことですか?」

倉田は左右に首を回してふたりに問いかけた。結が、促すような視線を鲂沢に向けた。彼は観念したように肩を落として、話しはじめた。

「……これまた些細《ささい》なことなんです。敏之さんが店をでるとき、ぼくはスーツを汚したお詫《わ》びをもう一度しようとドアのところまで見送りにいきました。ご機嫌とりの浅ましい根性で、生地に手を触れ、ゴミをとり、仕立てを誉めたりしたわけですが、そこで上着のボタンに違和感を抱きました。正確には、結さんが縫いつけたボタンの糸に、です」

「糸？」

「はい。赤い糸がつかわれていました」

「赤？」

「濃紺のビジネススーツには妙なとり合わせです。その色しかなかったのだろうかと考えましたが、それだったら縫わないほうがマシです」

「いや、黒い糸もあったはずですよ……」

倉田は結のソーイングセットの中身を思いだしながらいった。

「なのに、どうして赤なんかで。敏之さんは、なにもいわずに？」

視線を魞沢から結に移そうとしたときだった。壁のドライフラワーが倉田の目に入った。

「あっ」

思わず声をあげていた。魞沢がうなずく。

「ええ。敏之さんは糸の色の不自然さに気づくことができません。赤は、黒とよく似た、暗い色にしかみえないんです」

そうだ、彼には色覚異常があった。

「その糸が、敏之さんの奥さんに、ほかの女性の存在を確信させたんです。先ほどぼくは、結さんが強引にボタンをつけなおすのをみて、ふたりの関係にすぐ疑問を抱いたようないいかたをしました。ですがあれは、赤い糸に触れないで話を済ませようとしたからで、実際そこまでわかっていたわけではありません。赤い糸を目にしたときも『どうしてあんな悪戯《いたずら》をしたのだろう?』と、謎が増えただけでした。敏之さんが気づけないという点ではやや陰険ですが、喧嘩の腹いせにしては些少すぎる……その意味を昨夜のうちに理解することは当然できませんでした」

——ぼくにも黒と赤がわからなくなりました。

敏之たちを見送った魞沢の、間の抜けた表情を思いだした。彼は目にしたばかりの小さな謎に戸惑っていたのだ。

「今朝になって、敏之さんが自宅で殺害されたらしいことを知り、いくつかの違和感がぼくのなかで意味をもちはじめ、やがて線でつながりました。あの赤い糸は、一本の導火線《どうかせん》だったのです。奥さんがその意味に気づいたとき、導火線に火がつきました。雷管《らいかん》は、彼女の心です。やっともちなおした心の均衡《きんこう》は、夫に騙《だま》されつづけていた事実を突きつけられたことで、一瞬にして崩れ落ちました。爆発は、敏之さんの命を奪うにじゅうぶんな衝撃を伴っていたのです」

結は、魞沢の推測になにも反論しなかった。静かに、だがしっかりとした口調で、彼女は告白をはじめた。

「……どんな結果を期待していたのかは、自分でもわかりません。あの場でボタンを縫いつけたのは、たまにはわたしだって、彼のためにそういうことをしてあげたいという意地からでした。でも、ソーイングセットを開けたとき、小さな悪戯心が芽生えたんです。小さなといっても、それに気づくのが誰なのかは当然わかっていたわけですから、意識の底に烈《はげ》しい悪意が潜んでいたことは、否定できません」

彼女は言葉に詰まった。マスターが水割りを彼女の前に置いた。ふたりのキープボトルでつくった水割りだった。

「……わたしは、奥さんにばかり優しくするあの人が許せなかった。優しくされて快復していく奥さんも許せなかった。だってわたしは、苦しみつづけていた。でも、まさかこんなことになるなんて……」

結の嗚咽《おえつ》が漏れた。

敏之にとって、〈ナナフシ〉で演ずる夫婦は、あくまで偽りだったのだろう。しかし結には、真実であってほしいと願った姿だった。ナナフシがいつか本物の樹になることを望んだとしても、それは叶《かな》わない。だが結は、その夢をみてしまった。

倉田は、結の唇をみつめた。その色は、悲しくも鮮やかだった。

「口でどれだけわたしを愛しているといっても、奥さんに疑われたとき、彼が清算したのは、わたしのほうでした。その事実をやっと受け入れかけた頃に、彼はまた甘い言葉を……。そんなものは嘘だとわかっていました。嘘だと知ったうえで、わたしは彼とつづけることを選んだんです。なのにわたしは……強欲で……」

鮎沢がそばにいき、ハンカチを渡した。結は伏せた顔にそれを押しあて、肩を震わせながら、いった。

「わたしはあの人の、止まり木でしかなかったのに」

火事と標本

兼城譲吉《かねしろじょうきち》が火事の現場に到着したとき、火はすでに金物屋を丸ごと飲み込んでいた。店の主人は寝巻きに半纏《はんてん》という外装《いでたち》で通りの反対側にへたり込み、炎のなかで黒い影絵となった家を茫然《ぼうぜん》とみつめている。その横では年老いた女性が地面に膝をついて掌《てのひら》を合わせていた。

ふたりとも無事だったかと、ほっとした。金物屋は五十になる独り身の主人と母親のふたり暮らしだった。寝煙草《たばこ》の火が布団《ふとん》に燃え移ったらしいと、誰かの囁《ささや》く声が聞こえる。

「ちくしょう！　どうせ焼くならぜんぶ焼いてくれ」

そう叫んだのは、延焼を被《こうむ》っている隣の家の主《あるじ》だった。それこそヤケクソなのかもしれないし、あるいは冷静に火災保険の契約内容を思いだしているのかもしれない。幸か不幸か、その家は半焼にもならず済みそうだった。

午後十時。ふだんであれば夜の静寂《せいじゃく》が包む界隈《かいわい》を、炎と消防車のランプが二色の赤で照らしだす。その明滅が神経に直接さわるような気がして、譲吉はときおり目を細めた。

ひときわ大きな音がして、金物屋の屋根が大きく傾く。火の粉が四方に散り、野次馬たちが

「わあっ！」と歓声に似た声をあげた。興奮が彼らを包んでいる。さながら火事は、二月厳寒の夜に降って湧いた、冬の祭りのようだった。

飛んできた火の粉を避けて横を向いたとき、譲吉の視線がある男を捉えた。見物人のなかに、旅館の客がいた。名前は……なんといっただろう？　妻は最近、譲吉の物忘れがはげしくなったと嘆《なげ》くが、決してそうではない。そもそも憶えていないのだから、忘れられる道理がないのだ。

今夜、宿にたったひとりのその客人は、金物屋の主人に劣らぬ唖然《あぜん》とした表情で旅先の火事を眺めていた。あの様子だと、火の粉の三つや四つは飲み込んでいるにちがいない。見物するにはよい場所に立っている。おそらく自分より先に到着していたのだろう。

近づいて声をかけると、相手は「おや？」という表情で譲吉をみた。

「ああ、ご主人じゃありませんか」

そういったつもりだったのだろうが、寒さで口がまともに動かないらしく、「ご主人」が「下手人《げしゅにん》」に聞こえた。火事場で滅多なことをいうものではない。

「こんなところでお会いするとは、どこかへおでかけでしたか？」

苦笑いしながら訊《たず》ねてみると、

「いえ、火事だと聞いて宿から飛んできました」

とこたえる。

「歩いて十分足らずの距離とはいえ、旅先でそれはまた……」

物好きですね。そういいかけて飲み込んだ。

物好きといえば、宿に到着した直後、客はロビーの壁にかけてある昆虫標本をずいぶん長いこと観賞していた。あのときも、間の抜けた表情だった。子ども以外で標本に興味を示す人間はめずらしい。三十はとっくに超えているだろうに。

――火事と標本。

奇妙な符合を感じ、胸がざわざわと騒いだ。目は金物屋の火をみつめながら、心は三十五年前へと向かう。宿の標本箱は、譲吉が少年時代に、ある人物から譲り受けたものだった。その人物は、火事を起こして死んだ。

消防隊が「危ないからさがって!」と、見物人を狭い通りの外へ追いだした。延焼がひろがる危険があった。白いものが風のうねりに乗って波のように舞う。大量の灰……ではなく、雪だった。天気予報は未明の大雪を告げていた。

炎から距離を置くと、譲吉の身体《からだ》はすぐに冷えはじめた。帳場の石油ストーブにかけたままの熱燗《あつかん》を思いだす。

「お客さん、戻りませんか」

「このへんは火事場で踊る風習がありますか」

「踊る?　いやいや、戻る、です」

どうやら自分の口も回っていないらしい。飲んでもいないのに呂律《ろれつ》が怪しいのでは割に合わない。ますます酒が恋しくなった。ふたりは背を丸め首を縮め、真っ白な息を吐きながら宿へ向かった。

「どうです。帰ったら一緒にやりませんか。銚子《ちょうし》を二本、用意してあるんです」

譲吉は両手に徳利《とっくり》をもつ仕草をみせた。

「い、いまからですか?」

男の顔に、なぜか驚愕《きょうがく》の色が浮かんだ。

「いまこそ、ですよ。こんなことがあっちゃ、すぐには寝られないでしょう」

「それはまあ、寝るにはまだはやいですが。でも、はむ……寒いです」

「寒い日だからこそやるんじゃないですか」

男は「はあ」といってうなずいた。というより、うなだれた。夕食時に冷酒を二合飲んでいたから、嫌いなわけではないだろう。さては料金の心配か。

「もちろんお代はありませんよ」

安心させるつもりで肩を叩いたが、相手は「そりゃあ、期待してはいません」と、浮かぬ顔で妙な返事をした。

「ただいま。いやあ、冷えた」

宿の玄関に入ると、廊下の奥から妻がでてきた。

「おかえりなさ……あらまあ、お客さんまで」

「向こうで一緒になった」

「そんな飲み屋で会ったみたいに……で、どうでした?」

「金物屋から出火だ。すっかり店を焼いちまった。寝煙草が原因らしい」

「まあひどい。それで、ご主人は?」

「命まではとられなかった。婆さんも無事だ」

「よかった」

「だが、注意しなきゃいけないのはこのあとだ。火は隣の家まで焼いた。責任を感じて母子《おやこ》で心中なんてことになったら助かった意味がない」

「いやだ。なんて怖いことを」

「……さてと」

譲吉は睨《にら》む妻を尻目にカウンターで仕切られた帳場に入り、ストーブの上の鍋から銚子を二本とりあげた。

「あちち。まあ時間も時間だから、少しアルコールが飛んだくらいがちょうどいい。さあ、お客さん……あれ?」

一瞬、さっさと部屋に戻ってしまったのかと思ったが、そうではなかった。男は靴も脱がず、三和土《たたき》で寒そうに身体をもじもじさせている。

「ちょっと、そんなところでなにしてるんです」

「さっさと回ってきましょうよ」

「……まだどこかでかけるんですか」

「どこって、火の用心の夜回りじゃないですか」

「あなた、お客さんに夜回りなんてさせる気？」

「バカいうな。そんなわけ……」

「ご主人が『拍子木を用意してあるから』と」

譲吉は驚いた。

「お客さん、いったいなんのことだかさっぱり」

「こうやって、鳴らす真似をしていたじゃないですか」

客が、拍子木を打つように、握った拳を顔の前で軽く叩き合わせた。その仕草をみて、疑問の煙がぱっと晴れた。譲吉は思わず大笑いした。

「お客さん、それは聞き違いですよ。拍子じゃなく銚子。こいつを二本準備してあるといったんです」

口が回らないせいで誤解が生じたのだ。それを解くと、凍てついていた客の表情も、すっと溶けた。

「やだもう！　ご主人たら」

よほど安堵したのだろう、途端に甘えた口調になった。靴をぽんぽん脱ぎ捨てて、馴染《なじ》みの女のように駆け寄ってくる。抱きつかれるかと思ったが、さすがにそれはなかった。

「いやあ、てっきり老人会のボランティアに付き合わされるのかと思いましたよ」

「老人会って、わたしはまだ五十前です」

「じつに大人びてらっしゃる」

馴れ馴れしいをとおり越して失礼だったが、相手は客だ。譲吉はぐっとこらえた。

「帳場の横の四畳半で一杯やりましょう。旨《うま》い猪肉の燻製《くんせい》があります」

「火にだけは気をつけてくださいね」

妻が客の靴を下足棚に収めながら、そう念を押した。

熱燗を、舌だけでなく喉でも味わうようにゆっくり飲み込むと、みぞおちのあたりに心地よい疼《うず》きがはしり、手足の指先に、ぽっ、ぽっ、と温かみが戻ってきた。

帳場から移した石油ストーブで直《じか》に炙《あぶ》られた燻製のたてる香りが、火事場のにおいを思いださせた。ふと譲吉は、記憶に甦《よみがえ》った三十五年前の昔話を、一期一会になるかもしれぬ客相手にしてみたいような気分になった。

「お客さん、ロビーに飾ってある標本箱を、ずいぶん熱心にご覧になっていましたね」

「ええ。あまりに見事だったものですから。ラベルをみて驚きました。半世紀近く前のものじゃありませんか。あれはご主人が……いや、それだと年齢が合わないか」

「人からもらったものです。わたしはその人の一番弟子だったんですよ」

「お弟子さん？」

「はっは。自分で勝手に思っていただけですがね。その人に遊んでもらっていた当時、わたしはまだ小学生でした。そうですか、そんなに見事ですか」

「死んだ虫に保存性をもたせるのは簡単ではありません。たとえば大型のバッタやカマキリは、腐敗防止のため腹から内臓をとりだすといった処置も必要です。しかもあの標本は、状態がよいだけでなく姿が美しい。脚の一本一本にまで気を配り、きちんと形をととのえてあります。虫が死んだら、展翅板《てんしばん》という木製の道具にのせて翅《はね》や脚の位置を固定するんですが、じつに丁寧《ていねい》な仕事です。配置やラベリングをみても、一級品ですよ」

客はつかまえられた虫のように両腕をバタバタ動かして説明した。譲吉は自分が誉《ほ》められたような喜びを感じ、

「ちょっと待っていてください」

と、ロビーから標本箱をもってきた。縦四十センチ、横六十センチ、ガラス蓋《ぶた》つきの箱は、ずっしりと重みがある。客は座卓に置かれた箱に顔を近づけ、鼻息でガラスを白くさせながら語りだした。

「クワガタムシやカミキリムシといった甲虫から、蝶に蛾、トンボ、ハチにバッタにカメムシ、

水生昆虫まで……おや、ダイコクコガネもいるぞ。フンコロガシと呼んだりしますが、この種は地上で糞《ふん》を転がしたりはしません。日本にいる糞虫《ちゅう》で糞を転がすものは少ないんですよ。そしてこれはオサムシですね。翅が退化しているため飛翔することができません。つまり移動能力が低い。そのため比較的狭い地域のなかでも、場所によって異なる特徴をもった種に分化します。虫は土地の姿を映しますから、これらは非常に貴重な資料です。箱も立派ですねえ。桐のように思えますが……これは手づくりでしょう」

「ええ。捨てられていた家具なんかから木材を集めて、つくったそうです。ただ、蓋のガラスだけは、後年わたしが誂《あつら》えたものです。紫外線をカットする特別のものをつかっています」

口のなかに放り込むように酒を飲む。客は興味津々といった様子でガラスを撫でている。

「ご主人の師匠というのは昆虫の……生物学の先生かなにかで?」

「いや、写真家志望の青年でした。二ツ森祐也《ふたもりゆうや》といって、三十五年前に知り合い……いや、知り合ったのは三十六年前の夏か。当時彼は二十五、六歳。わたしのほうは小学五年生でした」

譲吉の胸に懐かしさが痛みとなってはしった。舌は、酒の味を少し苦く感じた。

「半年ほどの短い付き合いでした。祐也さんは、わたしに昆虫標本を遺《のこ》して自宅に火を放ち、病気の母親と心中しました」

徳利に伸ばしかけた客の手がとまった。

「あの標本は、彼の形見というわけです。もうじき命日がやってきます」

譲吉は軽い酔いの勢いにのって、ふたりの出会いについて話しはじめていた。

「……隣町との境に袖川《そでがわ》というのが流れているんですが、放課後に級友三人と河川敷へ遊びにでかけたんです。河川敷といっても整備されておらず、川と低い土手のあいだの藪《やぶ》のなかを、探検とばかりに行進していました。そこでふざけ合っているうちに足を滑らせ、わたしは水に落ちてしまった」

繁《しげ》った草で足もとがみえず、しかも地面はぬかるんでいた。その河川敷は危険ということで、子どもの立ち入りが禁止された場所だった。

「雨が降ったあとで川は増水し濁《にご》っていました。流れもはやかった。それでも冷静になれば、じゅうぶん足のつく深さだったのでしょうが、一度水を飲んでしまったら、パニックでどうにもなりません。わたしは完全に溺れてしまいました」

むかしのことだから、溺れている最中の恐怖までは甦らない。聞いている客のほうが、かえって苦しそうな顔をしている。譲吉は一度話をとめ、焦げてストーブの上にはりついた肉を剝《は》がすと、ふたつに裂いて焦げの少ないほうの一片を客に渡した。

「薄暗い水のなかで天地もわからず、ただゴオッ……という音が頭蓋骨に響くだけ。どこかに吸い込まれてゆくような水の勢いに自由を奪われ、もがいていた手足が完全に沈んで水面を叩くこともなくなると、不思議なものでかえって落ちついた気分になりました。身体から離れた自分が、溺れている自分を眺めているような……ああ、このまま死ぬんだなと思いましたよ。

お父さん、お母さん、妹、お祖母《ばあ》ちゃん……母方の叔父さんあたりまで顔が浮かんだでしょうかね……え？　それは何人目かって？　そんなことはどうでもいいんですよ、冗談なんですから。いよいよ意識が遠のき、これでおしまいというときでした。身体に突然浮力が生じ、顔が水の膜を突き破ったんです。真っ暗だった瞼《まぶた》の裏がオレンジ色になり、遠くに友人たちの声が聞こえます。口を開けると息ができ、片目を開けると夕焼けがみえる。すぐそばに知らない大人の顔があって、わたしはその人に抱えられていました」

客がほっと息をついたのが聞こえた。話に入り込むタイプらしい。

「川岸にあがると、彼は前のめりに倒れるように膝をつき、わたしを草に寝かせました。ぐったりというのか茫然というのか、そのときはまだなんの感情も湧かず、わたしは顔を横に向け、その人の濡れたスニーカーと、彼の首からぶらさがっていたカメラを薄目で眺めていました。彼はわたし以上に呼吸が荒く、そのせいでカメラが小さく揺れつづけていたのを憶えています。それをみているうち、助かった安堵より先に、いまからどれだけ怒られるのだろうという不安が起こりました。ところが彼は、『ここは子どもが遊びにくるところじゃない』とだけいって、濡れたわたしの前髪をかき分けたんです」

額の感触にはっとして顔を上に向けると、男と目が合った。その途端、今度は恥ずかしさでいたたまれなくなり、譲吉は、またすぐ目を逸《そ》らした。

「彼がゆっくり立ちあがると、傾いたカメラから流れでた水が、ボタボタと耳のそばに落ちました……」

男は、まるで自分のほうが悪いことをしたように肩を落とし、振り返ることもなく土手を越えて姿を消した。譲吉は土手の向こうの夕焼けをぼうっと眺めていた。頭が鈍く痛んだ。せめてその痛みが消えるまで横になっていたかった。だが、彼を囲んだ友人たちがしきりに声をかけてくるので、安心させるため、起きあがらないわけにいかなかった。ひとりが譲吉のランドセルをもち、ひとりが無理やり肩をかしてきた。もうひとりは、ただ泣いているだけだった。

帰宅しても川で起きたことは誰にも話さず、濡れた服については、水風船で遊んだといいわけした。


翌日、川での事故に居合わせた友人たちは、どこかよそよそしかった。放課後になって、やっとひとりが声をかけてきた。昨日の帰り道で泣きつづけていた、康介《こうすけ》だった。

「あのな、川で譲ちゃんを助けた人だけどな」

譲吉に追いつくなり、彼はそう切りだした。

「たぶん、水里《みずさと》地区の二ツ森っていう人だ」

「なんで?」

「ゆうべ姉ちゃんに聞いた。今年から役場で働いてるからさ、町のことに詳しいんだ」

「俺が川に落ちたこと、話したのか?」

「まさか！　川の近くの公園で話しかけられたことにしたんだ。『俺たちのこと写真に撮りながら近づいてきた』っていったら、『それなら水里の二ツ森さんかもしれない』って。夏祭りの会合に、地区長さんの代理で、きたことがあるんだって」

会合というのは、つまり飲み会のことだ。

「その人、商工会の人たちに囲まれて、ずっと説教くらってたらしいよ」

「なんで？」

「二十五にもなってカメラで遊んでばかりで、ろくに仕事もしないって」

譲吉の脳裡《のうり》で、水に濡れたカメラが揺れた。

「なあ康介、どうしてお姉さんに『写真を撮りながら近づいてきた』なんていったんだよ。それじゃあ、なんだか変な人みたいだ。俺の命の恩人だぞ」

「だって、特徴っていったらカメラくらいしか思いだせなかったからさ。それに、写真を撮ってたのは嘘じゃないよ。俺、みてたもん」

康介はそういって、口を尖《とが》らせた。

それから話題は一週間後に迫った夏休みのことに移ったが、譲吉はほとんど聞いていなかった。「旅館の手伝いがあるから」と嘘をついて別れ、ひとり水里地区へ向かった。足を踏み入れたことはなかったが、場所は知っていた。

もともと水里地区は、町内を流れる袖川とその支流に挟まれた一帯を、支流を埋め立てて宅地化しようとした場所だった。ところが、支流を失った袖川の治水工事が不十分で大雨ごとに川が氾濫したため、地元の人間は誰も住みたがらなかった。

　町は追加の工事を開始した。せっかく建てたのに一向に人の入らない町営住宅を簡易宿泊所として提供し、町外からも労働者を雇用した。その最中《さなか》、袖川ニュータウン計画反対を掲げた新人が町長選挙で現職を破り、事業が突然ストップしてしまった。

　それでどうなったかというと、仕事を失った労働者たちは町内でほかの仕事をみつけ、そのまま町営住宅に安い賃料で住みつづけた。こうして、中途半端に造成された川沿いの低地に、移住者ばかりが暮らす水里地区が誕生した。譲吉が生まれる十五年前、高度経済成長がはじまった時代の出来事である。

　水里地区に入ると、木造平屋の長屋のような住宅がいくつも並んでいた。庭を畑にしている家が多かったが、どこも野菜の草勢は弱く、病気にかかっているようにみえた。しばらくあてもなく歩いていると、土手の盛り土の麓《ふもと》に、ほかから少し離れてぽつんと一棟の長屋があった。物干しに見憶えのあるスニーカーがぶらさがっている。長屋に玄関は三つあったが、うち二軒は明らかに空き家《あきや》で、残る一軒に、手書きで〈二ツ森〉という表札がでていた。

「ごめんください」

　決心して声をかけ、玄関の引き戸を開ける。戸は途中で二度引っかかり、そのたびに大きな音をたてた。入ってすぐに、台所とひとつづきになった板敷きの茶の間があり、開いた襖《ふすま》の奥にもうひとつ畳の部屋があった。そこに、女性が布団で横になっていた。枕もとのラジオが、小さく鳴っている。譲吉は驚いて「あっ」と声をあげた。戸を閉めて逃げようかと思ったが、引っかかって閉まらない。譲吉は戸に手をかけたまま、固まってしまった。

「まあ、めずらしい」

目が合うと、女性は微笑《ほほえ》んで、そういった。彼女が掛け布団をめくり、ゆっくりとした動作で上半身を起こすのを、譲吉は黙って待った。彼女は寝巻きの浴衣の前をなおし、露《あらわ》になっていた鎖骨を隠した。

「こんにちは。どちらさまかしら?」

「か、兼城譲吉といいます。あの、外に干してあるスニーカーをみて、その、昨日助けてもらったお礼をいいにきました」

彼女は首を傾げたが、表情は楽しそうだった。

「どういうことかしら? あがって詳しく聞かせてちょうだい」

譲吉はうなずき、引き戸をなんとか閉めて家にあがり込んだ。

「そこに座って」

いわれたとおり、板の間の卓袱台《ちゃぶだい》のそばに正座する。

「ビスケットは好き?」

彼女が立ちあがろうとしたので譲吉は慌てた。とても健康そうにはみえない。

「いえ、おかまいなく。さっき食べたばかりですから」

「食べたって、なにを?」

「……ええと、給食です」

彼女はおかしそうに笑い、布団のそばに丸めてあった半纏を羽織った。

「いいから遠慮しないの」

彼女は素足の裏を板の間に擦《す》りながら流し台のほうへ移動し、食器棚からカルピスの瓶をとりだした。グラスに原液と水をつぎ、それから冷凍庫を覗いた。そして残念そうに、「氷がないわ」といった。

譲吉は家のなかをぐるりと見回した。開いた襖の向こうにみえる寝室は四畳半。茶の間は台所と合わせても八畳ほどで、隅に裏の土手のほうへでられる勝手口がある。台所と反対側の壁にある戸はおそらくトイレのものだろう。それだけの、小さな住まいだった。

だしてもらったカルピスとビスケットを、譲吉は礼をいって食べた。思えばあれはビスケットというよりカンパンだったが、湿気《しけ》ているおかげで食べやすかった。

近くでみる女性は、痩《や》せていて白髪が多く、目は窪《くぼ》み唇は乾いていた。だが、きれいな人だと感じた。そして、昨日の恩人に、よく似ているとも感じた。自分の母親と祖母のあいだくらいの年齢だろうかと、譲吉は漠然と考えた。

彼女はときおり咳《せき》をした。苦しそうに息を吸い込むたびに、ゴロゴロとなにかが引っかかるような音がして、譲吉を不安にさせた。立地のせいか、じめじめと湿気が酷《ひど》い。少なくとも病人に好ましい環境ではなさそうだ。咳は一度はじまると、なかなかおさまらなかった。

長居はよくないと考え、譲吉は事情だけ伝えたら帰るつもりで、前日のことを早口で話した。助けてくれた人にお礼をいいたくて、川の近くをさがし歩き、スニーカーをみつけたのだと説明した。康介から二ツ森の名を聞いたことはいわなかった。

「まあ、そんなことがあったの。怖かったでしょう。ケガはないの?」

「大丈夫です。ぼくよりも、助けてくれた人が……」

「それがほんとに祐也だとしたら、もうすぐ仕事から帰ってくるわ」

「祐也……さん、ですか」

「ええ。息子なのよ」

「川の近くで働いてるんですか?」

「ううん。昨日と今日は日雇いにでているの」

朝早く、役場からバスに乗って働きにいく人たちがいることは譲吉も知っていた。

それから五分も話しただろうか、玄関の引き戸がガン、ガンと鳴って、二ツ森祐也が帰宅した。全身に緊張がはしった。間違いなく、昨日の人物だった。

「おかえりなさい。可愛らしいお客様がいらしてるわよ」

膝に手を置いて背筋を伸ばす。

「き、昨日はどうもありがとうございました。お礼もいわずに、す、すみませんでした」

祐也は驚いた様子で靴を脱ぎながら、

「……どうしてここが？」

と訊ねてきた。譲吉はスニーカーの話をもう一度繰り返した。

「へえ、すごいな。刑事になれるんじゃないか？」

彼は茶の間で作業着を脱ぎながら笑った。昨日譲吉を抱えた腕は、思っていたよりずっと細かった。この日も祐也は説教めいたことをなにひとついわず、自分の行動が母に知られたことを、恥じているようにさえみえた。

「祐也、せっかくきてくれたんだから、譲吉くんを遊びにつれてってあげたら？」

「遊ぶって、どこで？」

「カメラを教えてあげたらいいじゃない。譲吉くん、あそこに飾ってある写真、祐也が撮ったのよ」

「いいよそんなこと、いわなくても……」

母親は玄関に近い壁に飾ってある一枚のモノクロ写真を指さした。新聞に掲載された作品なのだという。すぐに、袖川にかかる橋の写真だとわかった。欄干《らんかん》の上に、一羽の鳥が、佇《たたず》むように羽を休めている。

「あれって……カモメ？」

「そう。ときどき川にいることがあるんだ」

譲吉は驚いた。町は内陸にあり、海からはかなり離れている。カモメは二度と海に戻れないのではなかろうか。カモメの目は、川の遙か先にある海へ向けられているように感じられた。

そのカモメの向こうに、白いランニングシャツの男がひとり、欄干に腕をかけ、同じように川を眺めている。ピントは鳥に合っており、男の顔や姿ははっきりわからないが、むきだしの腕は細く、背中が少し曲がっていた。老人もまた、遠い故郷をみつめているのだろうか。

「ほかにも何枚か載ったのよ。新聞だけじゃなく雑誌にもね。この子、プロを目指してるの」

祐也は苦笑いを浮かべて立ちあがった。母親を黙らせることは諦《あきら》めたらしい。

「ついてきな。暗室をみせてやるよ」

譲吉が首を傾げると、母親が「フィルムを現像するところよ」といった。

祐也は台所の勝手口から外へでた。譲吉もあとを追う。つれていかれたのは家の裏手にある、やはり木造の納屋だった。家屋と土手の狭い隙間に建っている。入ると、すぐ目の前に黒いカーテンがあった。それをめくると、ドアのついた板壁があらわれた。壁によって納屋はふたつの空間に仕切られ、暗室と前室というつくりになっていた。

押し開けたドアの向こうから、酸っぱいようなにおいが漂ってきた。現像でつかう薬品のにおいだという。暗室のなかに入っていった祐也は、すぐに箱をもってでてきた。てっきり写真をみせられるのかと思ったら、そうではなかった。

「ほら」

「わあ！」

それは、色とりどりの昆虫が収められた標本箱だった。まるで生きているように艶《つや》があり、脚や翅をひろげ、いまにも動きだしそうだ。きれいにラベルが貼られ、名称、採集場所、採集日時といった情報が統一感をもって記されている。ガラスの蓋をかぶせた木箱は、いかにも手づくりといった感じだった。譲吉は興奮した。

「写真よりこっちのほうがおもしろいだろ？」

「学校にあるのより、ずっとすごい」

理科室にある標本の虫たちは、脚が変に曲がっていたり、首がねじれたりしている。

「いまも標本をつくってるんですか？」

祐也は首を横に振った。

「もうつかまえるのはやめた。この標本は、俺が小学六年のとき、最後につくったものなんだ。いまはカメラで撮るだけ。仕事で厭《いや》なことがあると、山に入って虫に会いたくなる。子どもの頃から、俺の友だちといったら虫なんだ」

祐也は傷だらけの粗末なテーブルを、ありもしないゴミでも払うように撫でながら話した。

カメラという言葉に思わず譲吉はうつむいた。茶の間で母親が写真の話題をもちだしたときも、譲吉はいたたまれない気持ちになっていたのだ。

「カメラ……ごめんなさい」

「ん？」

「水に浸かって……壊れたんでしょう？」

譲吉の髪に、そっと祐也の手が置かれた。

「気にしなくていい。もうひとつあるし、そっちのほうが、よっぽど手に馴染んでる。それにあれは、わざとしたことだったから」

「……わざと？」

「そう。俺はカメラを壊すつもりで、川に入っていったんだ」

その意味を訊ねようともう一度口を開きかけたとき、祐也に「今日は、そろそろ帰ったほうがいい」といわれ、黙ってうなずくしかなかった。

帰宅した譲吉は、自宅と棟つづきになっている旅館の二階にこっそりあがって、袖川のほうを眺めてみた。宿は町内でも高台と呼べる場所に建っていて、それまで意識したことはなかったが、水里地区を見渡すことができた。

祐也の家はあのあたりだろうか……目をこらすうちに日が暮れて、川と集落の境界が曖昧《あいまい》になった。家々の弱い灯りが、譲吉の目には、水底からの救難信号のように映った。

その晩、譲吉は祖母の部屋に呼ばれた。厭な予感がした。

口に入れた。

「そこにお座りなさい」

いつになく厳しい口調だ。円卓の上に饅頭《まんじゅう》がある。祖母が茶をすすったので、譲吉も饅頭を口に入れた。

「今日、水里でなにをしていたのです?」

いきなりそう訊かれ、譲吉はほとんど嚙んでいない饅頭のかたまりを飲み込んだ。胸につかえたが、動揺を悟られてはならないと、お茶には手を伸ばさず我慢する。

「水里になんかいってません」

首を絞められているような声がでた。

「観念なさい。お祖母ちゃんの知り合いが、あなたをみているんです」

祖母は父や母のように頭ごなしに譲吉を叱ることはないが、曖昧な受けこたえをそのままにしておかない厳しさがあった。

「あそこにお友だちでもいるのですか?」

譲吉はいわれたとおり観念し、昨日と今日の出来事をみな白状した。

「二ツ森ですって?」

祖母が細い眉を、眉間が消えるほど寄せた。

「もう遊びにいってはいけませんよ」

「どうしてですか」

「あそこがどういう場所か、以前に教えたはずです。他人にいえないようなことをして故郷から逃げてきた人たちが、町民の仕事を奪い勝手に住みついてできた集落です」

祖母の見解にはかなりの偏見が含まれていた。水里地区ができた頃に、地元民と移住者のあいだで、揉めごとがあったのかもしれない。

「とくに……」

祖母は譲吉が卓にこぼした饅頭のクズに目をとめ、話しながら指先で拾い集めた。

「……二ツ森という家は、いけません」

「お祖母ちゃん、知ってるの?」

「あの家の母親はミツ子《こ》といって、やはり工事の頃、一歳かそこらの子をつれてどこからか移り住んできました」

「どうしていってはいけないんですか? 小母《おば》さん、ぼくにすごく優しくて……」

祖母は譲吉をキッと睨み、

「あの女は、そうやって男を惑わすのが得意なのです。あれは、ふしだらな女です」

そういったあとで、孫に聞かせるような言葉ではなかったと気づいたのか、ごまかすように咳払いをした。

「とにかく、今後一切、水里へ近づいてはいけませんよ」

彼女は一転、穏やかにいった。

「あそこは貧しい人たちが貧しいなりに暮らす場所で、外の人間が物見遊山《ものみゆさん》にでかけていくような場所ではないのです」

物見遊山の言葉の意味はわからなかったが、なにか不当な責めを受けているような気はした。

「今日は大目にみて、川で遊んだことはお父さんとお母さんには黙っておいてあげます」

返事を渋る譲吉に、

「わかりましたね。それでは、もうおやすみなさい」

ピシャリといって背を向け、祖母は布団を敷きはじめた。


しかし譲吉は、二ツ森家へいくことをやめなかった。やめないどころか、頻繁《ひんぱん》に通うようになった。次第に祐也は、カメラについて教えてくれるようになった。ふたりで山に入り、ひとつのカメラで虫や花、野鳥を写真に収めた。暗室でフィルムの現像や写真の焼きつけも習い、譲吉はそれらをまとめて夏休みの自由研究にしようと決めていた。

お盆明けに数日ぶりで訪ねていった午後、祐也は家にいなかった。

「おにいちゃん、撮影？　それとも日雇い？」

彼がいないときは、譲吉はミツ子の話し相手になる。

「今日はね、お友だちに会いにいったのよ」

あまり具合がよくないのだろうか、彼女は布団に寝たまま、首だけ動かしてこたえた。友だちと聞いて、譲吉に嫉妬のような感情が起こった。

「ふうん。おにいちゃんに友だちなんているんだ」

つい、そんな口をきいてしまう。

「県内のカメラ仲間なの。祐也が投稿している雑誌の常連さんが集まって、お互いの作品を批評し合うんですって。コテンパンにやられてなきゃいいけど……」

心配そうにいったあとで、ミツ子は身体を起こしてほしいと譲吉に頼んだ。

「ずっと寝てたから背中が痛いの……せえの、よいしょ……っと。はい、ありがとう」

ミツ子は肩を小さく揺らして息をしながら、譲吉をじっとみつめた。

「譲吉くんがいてくれてよかったわ」

「用事があったらなんでもいいつけてください。家が旅館で、手伝いには慣れてるんです」

「ありがとう。でも、そういうことじゃないの。祐也にとって、よかったと思って」

「え?」

思いがけない言葉だった。

「あの子がプロを目指していることは知ってるでしょう? 今日の集まりにも、写真集を出版した人がくるんですって。仲間うちからそういう人がでると、もちろん励みになるけれど、妬《ねた》みや焦りも生まれてくるわ。しかも祐也は、わたしがこんな状態で自分が写真をつづけることに、負い目を感じているみたいなの」

祐也は高校を卒業したのち、隣町でひとり暮らしをはじめ、車の整備工場で働いた。しかし人間関係が上手《うま》くいかず、三年で家に戻ってきたという。傷ついた彼はしばらく働くこともなく、貯金を費やし好きな写真を撮ってすごしていた。ミツ子はまだ元気で、仕事にでていた。

そのうち投稿作が新聞や雑誌にぽつぽつと掲載されるようになり、祐也は写真で身を立てたいと思うようになった。そんなときにミツ子が体調を崩した。

「祐也は、とにかく一日でもはやく結果をださなくてはならない、プロになって稼げるようにならなくてはいけないと、自分を追い詰めるようになったの。せっかくみつけた夢なのに、好きな写真を、ただ好きとはいえなくなって、つらい気持ちでいたと思う。そこに譲吉くんがあらわれた」

「そんな大変なときに、ぼく、邪魔ばっかりして……」

ミツ子は首を振った。

「ちがうのよ。あなたのおかげで、祐也はきっと、写真の楽しさを思いだしたの」

彼女は、夏だというのに冷たい手を、譲吉の手に重ねた。

「これからも、あの子の友だちでいてあげてね」

うなずくと、ミツ子は安心したように小さく笑った。

「……おや、酒が切れましたね……ちょっとお待ちください」

譲吉は、思いがけず長くなってしまった昔話を一旦区切り、帳場にいって棚から追加の一升瓶をとりだした。ロビーの柱時計が十一時を打った。

譲吉は猪口《ちょこ》から湯呑にかえた。そこに客が、冷《ひや》のままの酒をつぐ。

「これはどうも。さ、お客さんもどうぞ……そんなわけで、わたしはミツ子さんの言葉にすっかり嬉しくなり、嬉しさのあまり調子に乗ってしまったんです。要は、欲がでた」

「欲、ですか」

「ええ。祐也さんにもっと好かれたいという欲です。そのせいで、彼を侮辱《ぶじょく》するような真似をして、むしろ傷つけてしまったんですよ」

冷の酒は、かえって喉を熱くさせた。

「わたしは、水没させてしまったカメラのことをずっと気に病んでいました。その失点を、どうしてもとり返したかった」

譲吉の家には、父親が道楽で買ったが、ほとんどつかっていないカメラがあった。数年前に購入したものだったが、祐也がもっているカメラより新しく、高そうに思えた。なくなっても、どうせ気づくまい……譲吉はそう考え、両親の寝室からそれをもちだした。

「その日は、ミツ子さんの体調が少しよかったらしく、彼女も起きて茶の間にいました。立派に仕上がった夏休みの自由研究のポスターをふたりにみせたあとで、わたしは袋からカメラをとりだし、課題を手伝ってくれたお礼だといって、祐也さんにさしだしました……」

祐也より先に、ミツ子の顔色が変わった。「そのカメラ、どうしたの？」という質問に、譲吉は「父親からもらった」と嘘をついた。じっとカメラをみていた祐也が「もって帰れ」と低い声でいったが、譲吉はそれを遠慮と受けとり、「どうせ、うちでは要らないものだから」と、二本のフィルムと一緒にカメラを祐也の膝に押しつけた。

　そのときだった。

「帰れといってるんだ！」

　爆発したような祐也の声が家のなかに響いた。立ちあがった祐也の足がフィルムの箱を蹴飛ばし、箱はカラカラと回転して部屋の隅に飛んだ。彼の膝のあたりにすがりつくようにして、ミツ子が「やめなさい！」と叫んだ。祐也の拳は震えていた。ぶたれる——譲吉はそう思い、息をのんだ。

　その場をおさめたのは、ミツ子の咳だった。彼女は涙を流すほど咳《せ》き込みながら、譲吉と祐也、どちらにともなく「いけないわ」と繰り返した。カメラを水没させる以上にとり返しがつかないことをしてしまったのだと、譲吉は悟った。

「あの日……どんなふうにして二ツ森家を辞したのか、まったく記憶がありません。そのときのカメラはいまもこの家にありますから、とにかくもって帰ってきたのでしょう。それを最後に、わたしが彼らの家を訪ねることは二度とありませんでした。わたしは愚かにも、自分こそが傷ついたのだという気持ちになって、以前のように、水里地区を避けて生活するようになった。祐也さんに偶然会うこともなく、そのまま五か月以上が過ぎました。そして忘れもしない翌年の二月四日、祐也さんが、学校の帰り道でわたしを待っていたんです……」

祐也が譲吉の家を訪ねてきたことはなかったが、旅館の場所は知っていたから、通学路の見当は容易についたようだった。彼は譲吉を、人通りの少ない裏道へ誘った。

再会した直後は、懐かしさや嬉しさより、はやく別れたい気持ちがまさっていた。顔をまともにみることもせず、何分も黙ったまま、遠回りの道を旅館のほうへ歩いた。

「明日、東京へいく。写真集を出版できそうなんだ」

不意の言葉に、思わず譲吉は伏せていた顔をあげた。そこには祐也の笑顔があった。不思議なもので、それをみた途端に心がほどけ、会わずにいた時間が消えてしまうのを感じた。

「……おめでとう」

胸にこみあげてくる感情があり、それだけいうのが精いっぱいだった。

「雑誌投稿の年間賞に選ばれることになって、出版社に招かれたんだ。例年、受賞者は作品集を出版してもらえることになっているから、きっと、具体的な打ち合わせがあると思う。会わないうちに偉くなったろう?」

「すごい。小母さんも喜んでた?」

「もちろん」

祐也は、母親も東京につれていきたかったと残念そうにいった。

「譲吉がきてた頃より、具合が悪いんだ。町の医者には入院が必要だといわれたけど、うち、健康保険も払ってなくてさ……でも、年間賞の賞金と写真集の収入があれば……」

祐也は母親について話しつづけた。

「母さんは、一歳の俺をつれて、ここに移り住んだ。もともと町の人間じゃないし、父親がいなかったから、暮らすにも大変だった。おまけに男関係の妙な噂をたてられたりして、ほかの母親から白眼視……つまり軽蔑《けいべつ》されていた。その人たちは、自分の子どもに俺と遊ばないようにいっていたから、俺は学校で友だちができなかった」

祐也は寒さで赤くなった鼻をすすった。

「母さんは仕事で暗くなるまで家に戻らなかったから、放課後ひとりでいるところを誰かにみられたくなくて、俺は山に入って虫ばかり採っていた。だけど、虫を家にもって帰ると、母さんがぜんぶ逃がしちゃうんだ。一匹ずつ名前だってつけてるのにさ。だから俺、つかまえた虫をみんな殺して瓶に入れて、下駄箱の奥に隠した。生きてるから逃がさなきゃいけないんだって考えたんだよ。母さんが家にいないとき、俺は藁半紙《わらばんし》の上に虫の死骸をひろげ、玩具《おもちゃ》のようにして遊んだ。でも日が経つと、汚く変色したり腐ってきたり……」

それをどうにかしようと思ったのがきっかけで、祐也は標本づくりにのめり込んだという。

「最初はただ紙の箱のなかに虫をピンでとめただけ。当然、劣化具合はぜんぜん変わらない。

図書室で図鑑や事典を読んで、消毒に乾燥、内臓の摘出なんていう技術を知った。理科室から薬品を少しくすねたり、図工室から木材の切れっ端をもらってきたりしたよ」

標本づくりの腕があがり、やがて満足のいくものがつくれるようになったが、あるとき、隠していたそれらがミツ子にみつかってしまう。

「母さんは、俺が虫を殺す行為に残酷さを感じていた。そんなことを嬉々としてやっている息子を心配した。標本をぜんぶ捨てろといわれ、抵抗すると何日かして、どこでどうやって手に入れたのか、カメラを一台、俺にくれた」

首からぶらさげたカメラを右手でもちあげる。夏休み、譲吉もつかわせてもらった、擦り傷だらけのカメラだ。

「標本をつくる代わりに、写真に撮ってそばに置いておきなさいという意味だった。そしてその企ては、たぶん母さんが考えてた以上に成功した。俺はすぐカメラに夢中になり、一日に何十枚も撮影し、かえって困らせたよ。当時はもちろん店でプリントしてたから、フィルム代に現像代と、とにかく金がかかったはずだからね。それでも母さんにしてみれば、俺が何十匹と虫を殺して喜ぶのに比べたら、安い代償だったのかもしれない。その行為が俺の寂しさから生まれたものであることを知っていたし、その責任が母親の自分にあると感じていたみたいだから」

祐也はカメラの傷を愛おしそうに撫でた。

「俺はきっぱり虫殺しをやめて、約束どおり標本を捨てた。ただ、最後につくった傑作だけは、どうしても捨てられなかった。それが、暗室に隠してあるアレだ」

祐也は悪戯《いたずら》っ子のように笑ったあとで、ふっと寂しい表情をみせた。

「小さい頃、俺の記憶にあるのは、母さんの背中ばかりなんだ。母さんは、いつも忙しそうにしていた。台所に立つ背中、仕事にでかける背中、内職をしている背中……喧嘩《けんか》して泣いて帰ってきた俺を叱るときも、縫い物をしながら壁のほうを向いてたよ。そんなはずないのに、俺は母さんに背中ばかり向けられていたような気がする。だから、寂しかった。……いま、母さんは台所にも立たないし、仕事もできない。俺は毎日、母さんの顔をみてすごしている。それなのに不思議なもんでさ、俺は、母さんの背中がたまらなく恋しいんだ」

彼はまた鼻をすすった。

「母さんは俺にカメラを勧めたくせに、自分が撮られるのは大嫌いでな。こんなことなら元気なうちに一枚くらい、無理やり撮っておくんだったよ」

「病気がなおったら、いくらでも撮れるよ」

「……うん、そうだな。こんな俺でも、町内に『うちの工場で働け』っていってくれる社長がいてさ。年末に手伝いにいったんだ。機械いじりは得意だから、けっこう重宝がられたよ。『いつでも自分のところにこい』って、いってもらえた。でも……」

「でも？」

「母さんは俺の写真が好きだといってくれた。俺はその写真で、母さんに恩を返したい。やっとそれが、できるかもしれない」

「東京までどのくらい？」

「四時間だ。明日の早朝に出発して、午後から出版社に出向く。夕方の特急に乗って、夜には帰るつもり。向こうは『一緒に夕食を』と誘ってくれたけど、母さんのことがあるから、あまり家を空《あ》けられない」

「気をつけていってきてね」

「ああ。土産《みやげ》を買ってくるよ。悪いけど、うちにとりにきてくれないか？」

「……いってもいいの？」

「母さん、おまえにすごく会いたがってる。『はやく譲吉くんにあやまってきなさい』って、あの日から毎日のように説教さ」

祐也が譲吉の頭に手を置いた。

「……あのときは悪かった。急に怒鳴ったりして、ごめん」

譲吉は言葉がでなかった。

「ほんとうに、カメラのことは気にしなくていいんだ。はじめておまえが家を訪ねてきた日に、あれは俺がわざと壊したんだって、いっただろ？」

「うん」

「溺れるおまえをみつけて……俺、どうしたと思う?」

「どうって……助けにきてくれた」

「いいや、ちがう。俺は川で溺れているおまえをみて、真っ先にカメラを構えたんだよ。そして何度もシャッターを切った。そのうち、おまえが水に完全に沈んだのがわかって、はっと我に返った。俺は自分が怖くなった。母さんが心配したように、自分はとんでもなく残酷な人間なのかもしれないと、心が冷たさに震えるようだった。俺は夢中で駆けだし水に飛び込んだ。溺れる子どもを写したフィルムを、カメラもろとも葬ってしまいたかったからだ」

祐也はしゃがんで譲吉と目を合わせた。

「だから、あやまるのは俺のほうなんだ。ごめん、許してくれ」

譲吉は、許すことなどなにもないと思った。彼の告白に、少しも傷ついてはいなかった。祐也は写真を撮らずには生きられない人なのだと理解していたし、彼が自分の命を救ってくれた事実になにも変わりはないのだから。

「……ねえ」

「ん?」

「小母さんがおにいちゃんを叱るときに背中を向けてたのは、小母さんも泣いてたからじゃないかな」

祐也の返事はなかったから、彼がどう考えたかは、わからなかった。

ふたりは、三日後の日曜日に会う約束をして、別れた。

翌五日は、朝から大雪だった。祐也の東京行きは無事に終わっただろうかと心配になった。そして、三十五年前の二月六日、土曜日。

雪はその日も降りつづけた。午前授業のいわゆる半ドンのあとは、自宅と旅館の雪かきが待っていた。祐也と約束したのが今日でなくてよかったと、そのときは思っていた。

夜十時頃、消防車数台がサイレンを鳴らし、旅館のそばを走りすぎていった。

「水里から火がでたらしい」

地元消防団に所属していた父が、いちはやく情報を得て家族に告げた。譲吉は急いで宿の二階にあがり、水里地区のほうを眺めた。暗闇のなかに、粒のような炎がみえ、譲吉は、すっと血の気が引くのを感じた。

目撃者の多少詩的な表現を借りれば、二ツ森家からでた炎は、まるでそこから夜が生みだされているかのように黒い煙をあげながら、木造平屋の長屋を包み込んだ。出火に気づいた近隣住民が消防に通報した。水里地区は除雪が行き届いておらず、消防車の到着に遅れが生じたことは否めないが、そうでなくても事態はたいして変わらなかっただろう。

焼け跡の、寝室にあたる場所から、二名の遺体が発見された。火による損傷が大きく、容姿による特定は不可能だったが、のちに過去の歯科治療の記録によって、二ツ森ミツ子と祐也であることが確定した。

ボーンと、ロビーの柱時計がひとつ打った。十一時半。譲吉の昔話は終わりに近づいていた。客は、酔いのせいか時間のせいか、ゆったりと身体を揺らしながら話を聞きつづけている。

「火災の翌日……二ツ森家を訪ねるはずだった日曜日の夕方、刑事がふたりやってきました。火は長屋も納屋もすべて焼いてしまいましたが、少し離れた雪の上にダンボールが敷いてあり、そこにうちの旅館の名前と『兼城譲吉さまへ』と表書きのある包みが置かれていたというんです」

包みはひと抱えある大きさで、茶色いクラフト紙にくるまれ、たしかにマジックで自分の名が書かれていた。祐也にいちゃんの字だ……譲吉には、すぐわかった。

「この時点では、焼死体の身もとはまだ確定していませんでしたが、状況からミツ子さんと祐也さんであることは疑いようがありませんでした。警察は、包みは二ツ森の人間が遺したものである可能性が高いと考えていました。だからといって宛名のあるものを勝手に開けるわけにもいかない。それで、自分たちの前で本人……つまりわたしに開封してくれないかと、頼みにきたわけです。両親は、ぎょっとしていましたよ」

宛名の人物が小学生と知った刑事もまた、面食らった様子だったことを憶えている。

「警察と消防は、すでに単なる失火ではないと疑っていたのですか？」

「当初は事故と考えられていました。現場からは寝室に一台、茶の間に一台と、二台の石油ストーブがみつかった。ここにあるストーブと同じようにもち運びのできるタイプです。そのうち寝室にあった一台が、当時回収騒ぎになっている製品だとわかったんです。タンクの蓋に問題があって、漏れた灯油に引火する事故が多発していたらしい。二ツ森家は情報といえばラジオだけでしたから、そういったニュースを知らなくても無理はなかった。しかし調査の結果、出火元はストーブでないことが明らかになりました。室内に灯油をまいて火をつけた可能性が高いことが判明したんです」

「だとすると……火の手の及ばぬ場所に置かれていた包みが二ツ森さんの遺したものであると確認できれば、彼らが計画的に自宅に火をつけた疑いが濃厚になる。つまり外部の人間による放火ではなく、心中という解釈が成り立つ。そういうわけですね」

譲吉はうなずいた。

「包みの中身というのは、もちろん……」

「ええ。この標本でした。刑事は中身が虫と知り、非常に落胆した様子でした」

譲吉は卓の上に標本を立て、客に裏面をみせた。

「封筒が貼りついていますが、これは?」

「当時もこうでした。気づいたのは若い刑事で、はやく開けろと急《せ》かされましたよ」

封筒には一枚のモノクロ写真が入っていた。台所の流しの前に立つ女のうしろ姿を写したものだった。浴衣の寝巻きの上に半纏を羽織り、ひとつにまとめた長い髪を背に垂らしている。手もとは背中に隠れてみえず、なにを調理しているのかはわからない。

「この女性が……ミツ子さんですね？」

「そうです」

客は小さく首を傾げた。一緒に身体まで傾く。

「……この写真は、いつ頃のものでしょう？　先ほどのお話によれば、祐也さんは母親の写真を撮らずにいたことを悔やんでいた。寝巻きで台所に立っているところをみると、体調を崩して以降のように思える……まあ、朝であれば起きたままの恰好で家事をすることも考えられますが」

「いいえ、やはり病気になったあとでしょう。うしろ姿とはいえ、わたしが知る彼女の印象に近い。むしろ、それより痩せて感じるほどです」

「包みのなかは、これで全部だったんですか？」

「警察は手紙のひとつも期待していたようでしたが、これだけです。念のためしばらく預からせてほしいと渋い顔で帰っていきました。とはいえ、標本が間違いなく祐也さんのものであり、宛名書きも彼の字にちがいないというわたしの証言によって、外部の人間による犯行という線はかぎりなく薄くなったわけです。警察は当然ミツ子さんの病状を調べていましたから、灯油をまいて火をつけるといった作業は、祐也さんがおこなったと考えました。暮らしと母の病、その両方を苦にして、心中したのだと」

「しかし、祐也さんにとって、まさにこれからというタイミングではありませんか」

客の当然の疑問に、譲吉は小さく首を振った。

「……じつは、彼の上京は失意のうちに終わっていたんです。わたし自身、かなり時間が経ってから知ったことでした。事件について知りたくても、小学生では限界がありましたからね」

警察の調べで、出版社に赴いた祐也が雑誌の休刊を聞かされていたことが明らかになった。再開の予定のない休刊だった。本来なら年間優秀者の特集が誌上で組まれ、春には授賞式も開かれるはずだったが、次の最終号で簡単な選考経過の報告があるのみと告げられた。十万円だったはずの賞金も半分になった。写真集については、最後の受賞者ということもあり出版の可能性は残ったが、発売時期は未定とされた。

「そのため警察は、祐也さんによる一方的な無理心中という線すら考えたようです」

火災前日、五日の夜十時過ぎ、雪のやみ間に雪かきをしていた近所の住民が、東京から戻り、膝上までつもった雪をかき分けながら家に向かう祐也を目撃していた。

「もっとはやく戻るはずが、雪の影響で特急がだいぶ遅れたらしいです」

雪はふたたび未明から降りだす予報だった。その住民は夜のうちに少しでも除雪をしておこうと一時間ばかり外にいたが、そのうち二ツ森家の長屋のほうから、バリバリと木を裂くような音が聞こえてきた。何事かと家の裏手をそっとみにいくと、畑でつかう鍬《くわ》を手に、祐也が納屋を叩き壊していた。住民は怖くなって、声もかけずに自分の家へ駆け戻ったという。

「暗室のある納屋は、祐也さんの仕事部屋です。帰宅するなりそこをメチャクチャにしてしまうほど、彼は絶望の淵にあったということでしょう」

「無理心中を示唆《しさ》する、たとえば外傷のようなものがミツ子さんの身体にはあったのですか？」

「そういうわけではありません。仮に心中に同意していなかったとしても、弱った彼女の身体では息子の行為をとめられなかっただろうということです。ミツ子さんの死因は焼死、一酸化炭素中毒でした。気道や肺の状態から、火に巻かれる前に意識を失ったと考えられました。わたしには、それだけが救いのように思えます。隙間の多い木造住宅ですが、窓に目張りがされていたうえ、つもった雪が家の気密性を増したのではないかと、消防や警察は推測しました」

譲吉は大人になってから、当時現場に出動した消防団のＯＢや、警察官になった友人から、事件の情報を得ることが叶《かな》った。

「目張りは、心中のために？」

「いや、単に隙間風対策でしょう。ただ警察は、現場で燃え残った縄を発見しており……」

「縄……ですか」

「それで心中を拒む母親の身体を拘束したのではないか……そんな疑いまで抱いたようです」

「それは……オソロシイことです」

「結局、祐也さんに殺人容疑がかけられることはありませんでしたが、もちろん彼がそんなことをしたはずがありません。わたしは、この写真こそが、ふたりが同意のうえで心中した証拠だと考えています」

「と、いいますと」

「よくみてください。ミツ子さんはしっかり立っているようでいて、じつはそうではない。流し台にもたれかかって身体をやっと支えているんです。両手はなにか作業をしているような感じですが、実際には、そういうふりをしているだけで、なにもしていないでしょう。これは、台所で仕事をしているポーズなんです。この写真は、家に火をつけるその日に撮影されたものだと思うのです。撮られることを嫌ったミツ子さんが、死を決めたからこそ、病に衰えた身体で一枚だけ許したうしろ姿……祐也さんが恋しがった、台所に立つ母親の背中です」

「……祐也さんの死因はなんだったのでしょう?」

写真の解釈を述べたのに、それを無視するかのような質問だった。譲吉は眉間にしわを寄せた。

「もちろん焼死……といっても、彼の場合は一酸化炭素中毒ではなく、熱傷が主因と考えられたようです。解剖の結果、気道に高熱を受けていることがわかり、炎に巻かれた時点で、まだ生きていたと考えられています」

譲吉は、自分の心がそのときの祐也に向かわぬよう、つとめて機械的にこたえた。

「死因にズレがあるわけですね」

「焼死は、熱傷とガス中毒、それに酸素欠乏の三要素が絡み合って起こるものです。体力や場所、行動によって、どの要素がつよく影響するかは当然変わってくるでしょう」

「ふたりの死亡時刻にズレはなかったのでしょうか？」

「……お客さんは、どうやら祐也さんが無理心中をはかった——ミツ子さんを殺したのだという説に票を投じたいようですね？」

皮肉をいったつもりだったが、

「合意のうえの心中だったとしても、命を奪う行為には変わりありません」

と、平気な顔で返事をする。

「体表や筋肉は熱による影響が大きく、死亡時刻を推定するための、いわゆる死体現象は観察し得ませんでした。しかし解剖の結果、ふたりとも食後三時間から四時間で死亡したことが判明しています。ミツ子さんが食べた量は、ごくわずかだったようですが、胃腸の内容物から、ふたりが同じ料理を食べたことは間違いないようだと」

「なるほど……」

客の目は、酔いか、あるいは眠気のためか、トロンとしている。その目は譲吉をみているようでいて、どこかべつのところに向けられているようにも感じられた。要するに、焦点が合っていないのだ。そう、彼の質問のようにピントがずれていると、譲吉は腹立たしく思った。話すのではなかったという後悔さえ感じる。

「もうひとつ、お訊ねしたいことがあります」

「なんですか」

「祐也さんは東京で、たしかに失望を味わったと思います。しかし賞を受けた事実に変わりはなく、額が減ったとはいえ自分の作品に賞金として値がついた。休刊するにしろ雑誌には講評が載る。そして写真集についても、出版の可能性が潰《つい》えたわけではなかった。彼は夢の実現に向けた手応えを、まったく感じなかったのでしょうか?」

「それは」

知ったような口をきく客に反発心が起こり、つよい口調でいい返す。

「彼は受賞することで、母親にじゅうぶんな治療ができると考えた。母親からもらったカメラで恩返しができると喜んだ。わたしは、祐也さんが写真を撮りつづけたのは自分のためではなく、ミツ子さんのためだと思っています。ミツ子さんは祐也さんの写真が好きだった。写真を撮る祐也さんが好きだった。自分の病のために彼が夢を諦めることだけはしないでほしいと願っていた。そしてその気持ちを、祐也さんは痛いほど知っていた。病気の母親に我慢を強いながら、日雇いで食いつなぎ撮影をつづける日々は、精神的につらいものだったにちがいありません。だからこそ、期待を裏切る東京での出来事に、彼は大きな失意を覚えた」

「まだ未来はいくらでも開けるではないですか。先ほどもいいましたが、たとえふたりに合意があったとしても、心中という行為は一方が他方の命を奪うことです。ご主人が知る祐也さんは、その程度の失望で、愛する母親の命を奪うような人だったのですか？」

譲吉は黙った。もちろん彼だってそう考えた。祐也はそんな人間ではないはずだ、と。だが、現実に彼は死を選んでしまったのだ。客は、そんな自分の心を知らず、言葉を重ねる。

「祐也さんは、知り合いの社長から『いつでも自分のところにこい』と声をかけてもらっていた。金銭的にも絶望に至るには早過ぎます。もちろん彼は写真中心の生活をつづけたかったにちがいありません。一日でもはやくプロになり、自分たちをバカにした人間を見返してやりたい、そういう気持ちがあったでしょう。町の人間に頭をさげて仕事をもらうことに抵抗もあったでしょう。ですが、彼にとって母親の命は、そんなプライドよりも軽いものだったんでしょうか？」

もちろんそんなふうには考えたくない。だが……。

「だったらあなたはどう説明するんです？　外部の人間による放火殺人だとでも？」

「いいえ。火をつけたのは祐也さんです」

譲吉は思わず鼻で笑った。

「だったら結局……」

「ですが動機はちがいます。彼が自殺を選ぶほどの絶望が、ほかにあったんです」

そのとき、客の目の焦点が、どこかに合ったような気がした。一瞬きつく結ばれた口が、すぐまた開く。

「東京から帰ってきた祐也さんは、亡くなっているミツ子さんを発見したのではないでしょうか？」

……いったい、この客は人の話のなにを聞いていたのだろう。いや……きっと飲ませすぎた自分が悪かったのだ。

「お忘れかもしれませんが、解剖で、ふたりは食後ほとんど同じだけ経ってから死亡したことがわかっています」

譲吉は穏やかにいった。それに対して客は、やはり穏やかにこういった。

「食後同じ時間が経過していたからといって、一緒に食べたと決めつける必要はありません。ミツ子さんは火災の前日、二月五日の夜、食事から三、四時間後に死亡した。いっぽう祐也さんは、翌六日の夜、やはり食事から三、四時間後に死亡した。そう考えてはいけないでしょうか」

譲吉は絶句した。この男は、なにをいっているのか。

「ミツ子さんは焼死したんですよ？　火事が起きたのは六日です」

「一酸化炭素中毒の原因を火災と考えなければいいんです。大雪の最中、祐也さんは母親が寒くないようにと、ストーブを二台とも焚《た》いてでかけたのではないでしょうか。二部屋合わせて十二畳あまりの家で、二台の石油ストーブが燃えつづけていた。ミツ子さんは外にでかけることもなく、ほとんど布団ですごしていたでしょうから、ひとりでいるあいだ、換気の機会はほとんどなかった。目張りと大雪で家の気密性が高まっていたという理屈は、火災前日の夜にも当てはまることです。やがて酸欠がストーブの不完全燃焼をもたらし、室内の一酸化炭素濃度が上昇していった。雪の影響で祐也さんの帰宅が大幅に遅れるという不運も重なった」

　譲吉の指先が震えはじめた。写真に目を落とす。

「じゃあ……この写真は、いったい、いつ……？」

「それはご主人のいうとおり、火災当日に撮られたものでしょう。祐也さんは死ぬ前に、母親の写真をどうしても撮影したかったにちがいありません」

　それを聞いた途端、譲吉は力が抜けた。

「話が合わないじゃないですか。あなたの説では、そのときミツ子さんはもう……」

　――あっ。

「……つまり、写真のミツ子さんは……」

「はい。遺体だとすれば、説明がつきます」

　男の目が焦点を結んだ像に、譲吉は唖然とした。

「彼は撮影のため、母親の遺体が硬直するのを待った。だから、彼の死は翌日まで延ばされたのです」

「な……」

「料理をしている姿をイメージして、彼は遺体にポーズをとらせた。硬直するまでのあいだ姿勢を固定する添え木として、納屋を叩き壊して調達した板を縄で結びつけた」

「ああ……」

「帰宅して母親の遺体を発見した祐也さんは深い絶望に飲み込まれ、自らも命を絶とうと思った。そのとき、最後に一枚だけ、母親の写真を遺しておきたいと考え、実行に移した。彼の精神が、束の間絶望から逃れるために起こした、反射的な衝動だったのかもしれません」

　譲吉の脳裡に、業の一文字が浮かぶ。

「そして翌日、硬直した母親の遺体を起こし、台所に立たせる。遺体を暖かい部屋に置いておきたくはないでしょうから、ストーブは消していたか、ごく弱くしかつけていなかった可能性が高いと思います。結果、硬直は緩やかに進み、夕方頃まで待つことになった。とはいえ、支えなしで立たせるのはむずかしいでしょうから、どうしても流し台にもたせかけるような恰好になる。ご主人はそれを病で体力が落ちているせいだと捉えたわけですから、そう考えてみると、ミツ子さんの生前の姿を再現できたともいえる。まるで……」

　そこで客が口をつぐんだ。だが、いいたかったことはわかる。

　まるで……昆虫標本をつくるように……。

「撮影を終えた彼は、ミツ子さんが亡くなる前に食べたものと同じ食事をとった。東京にでかける祐也さんが母親のためにつくり置いていったものなのか、それともミツ子さんが自分でつくったものなのかはわかりませんが、ともかくミツ子さんが食べ残した料理があったのだと思います。それが彼の、最後の晩餐《ばんさん》にもなった」

ミツ子は料理を口にした数時間後に、一酸化炭素中毒で倒れた。そしてその数時間後、帰宅した祐也が彼女の遺体を発見した。遺体は硬直がまだ起きていなかったか、それほど進行していなかったのだろう。祐也は遺体に細工を施し、硬直の完成する翌日を待って撮影を済ませ、食事をし、自らも死を選んだ。

「……ですが、彼は食後すぐ家に火をつけたわけではなかった。それからの数時間、いったいなにを……あ、そうか」

「ええ。腹ごしらえを済ませ、写真を現像して焼きつけるという最後の仕事にとりかかったのです」

添え木の調達のため外壁を壊してはいたが、暗室はまだつかえる状態だったのだろう。あるいは暗室など不要なほど、冬の水里地区の夜は暗闇に包まれていたのかもしれない。

譲吉は、あらためてまじまじと写真をみた。祐也にとって、印画紙は標本箱だった。昆虫を、風景を、カモメと老人を、白い紙に封じ込め、愛《いつく》しんだ。

客は、祐也が母親の死に絶望し、自らも死を選んだといった。だが、もうひとつの解釈もあり得ると、譲吉には思えた。

祐也は、母親の遺体をまるで玩具のように扱った自分に怖れをなしたのではないか？　かつて母親が案じた、自分の内にひそむ残酷さにこそ、真の絶望を抱いたのではなかったか？　だからこそ、溺れる譲吉に向けたカメラを水に葬ったように、母の命を奪う原因となった火に、自分自身を葬る決意をした。

彼は、母親を写したフィルムも一緒に燃やすつもりだった。現像する気はなかった。だから、食事をした。ほんとうにそれが、最後の行為のつもりで。だが、その気が変わった。

祐也が最後に口にした食事は、ミツ子がつくった夕食だった——譲吉は、確信に似た思いを抱く。彼女は、東京から戻る息子のために、病を押して台所に立ったのだ。たいしたものはできないにしろ、なにか自分のつくったものを食べさせてやりたかった。ミツ子の解剖でみつかった食事の痕跡は、わずかな量だったという。それは食事ではなく、味見の跡ではなかったか。母が自分のためにつくった料理を口にするうち、祐也の心に変化が生じた。彼は、自分の最後の作品を、母と自分が生きた証《あかし》を、どうしても遺しておきたくなった……。

譲吉には、そんなふうに感じられて仕方なかった。

ほとんど交わす言葉もないまま酒を飲みつづけ、どのくらい経っただろうか。譲吉は、ふと思いだしたことを喋《しゃべ》りはじめた。

「……警察から戻ってきた標本と写真を、両親と祖母は廃棄しようとしました。刑事が返却にきたとき、たまたまわたしが家にいなかったら、勝手に処分されていたでしょう。わたしは頑強に拒みました。家に置いていては捨てられてしまうと危惧《きぐ》し、級友の康介に頼んで預かってもらいました。彼は高校を卒業し町をでていくその日まで、この標本をまるで自分の宝物のように……お客さん？」

気づかぬうちに、客は座ったまま眠っていた。柱時計が零時を打った。襖が開き、妻が顔を覗かせた。

「まだ飲んでらしたんですか。そろそろ切りあげないとお客さんにもご迷惑……あら、寝てしまってるじゃないですか」

「うん。いまから片づける」

譲吉は男を起こそうとして少しためらい、思いなおしてそっと毛布をかけ、静かに片づけを済ませた。帳場に立った彼は、ついに思いだすことのできなかった客の名前を確認するため宿帳を開き、そして首をひねった。

読みかたのわからない魚偏の漢字ではじまる名が、子どものような筆づかいで記されていた。

アドベントの繭《まゆ》

王野《おうの》警察署の押越次郎《おしこしじろう》刑事が、墓地で魞沢泉《えりさわせん》をみつけたとき、彼は屈《かが》んで花を供えているところだった。花の白は薄くつもった雪に紛れてしまい、少し離れた押越の位置からは、茎の緑だけが鮮《あざ》やかに映った。魞沢は目を閉じて合掌し、わずかに唇を動かしている。

点々とつづく足跡を踏みながら、押越は近づいて声をかけた。しゃがんでいた魞沢はカエルの玩具《おもちゃ》みたいに跳ね、そのまま尻餅《しりもち》をついた。

「大袈裟《おおげさ》だな。人をお化けみたいに」

「……ああ、これはどうも。警部さんじゃないですか」

「巡査部長だ。階級まで大袈裟にしてもらわなくて結構」

「性分でして」

魞沢はのろのろと立ちあがり尻の雪を払った。押越は墓に視線を移した。一畳ほどの石の台座の中央に板状の墓碑が立っている。〈耐え忍んだ人たちは幸いである〉という言葉が彫られていた。個人の墓ではない。霊園の一区画を教会が購入した、共同墓地だった。

「あらためて訊くが、鯱沢さんはクリスチャンではない？」

「はい」

午前の聴取で、鯱沢はこの町にやってきた理由を「友人の墓を訪ねに」と説明していた。

「友人もキリスト教徒ではありませんでしたが、教会の支援を受けて社会復帰を目指していた縁で、ここに埋葬してもらえることになったそうです。ぼくと彼が知り合ったのは、彼が路上生活をしていた頃で、すでに完全なアルコール依存症でした。突然姿をみなくなったので、どこへいったのかと思っていたのですが……」

最近になって、交通事故で死亡したらしいという噂を、仲間だったホームレスたちから伝え聞いたのだという。

「……まさか鯱沢さんも、路上……？」

「いえいえ。以前ちょっとした騒ぎがあって知り合っただけで、ぼくは家無しではありません。とはいえ、あちこちふらふらしていますから、さながら根無し草のような暮らしではありますす」

彼は墓場で快活に笑った。

「教会墓の納骨スペースはガラガラらしいから、死んだあとのことが心配なら教会員になっておけと勧められてきたのですが、それどころではなくなってしまいました」

裏に回ってみると、墓碑の背面に埋葬者の名が刻まれていた。いちばん最後にあるのが、鯱沢の友人だという。

「まだ五十一歳でした。自称ですが」

「本当だとしたらわたしと同い歳だ」

「鎌足《かまたり》牧師は、四十を過ぎたくらいだったでしょうね」

「四十二、厄年だったな。もっとも、そんな迷信は気にしていなかっただろうが」

やんでいた雪が、またちらついてきた。鐘の音が聞こえて、押越は思わず教会の方角を向いた。だが、教会に鐘はなかったし、あったとしても聞こえる距離ではない。どうやらそれは、町が放送している時報の鐘だった。腕時計をみると、ちょうど午後三時だった。

「……刑事さんは、ぼくをさがしにここへ？」

「そうだ。携帯に何度かけてもつながらないし。もしやと思ってきてみたんだが、墓参りに何時間かけてるんだ」

「さっききたばかりです」

「さっき？　教会をでて、まっすぐ霊園に向かうといってたじゃないか」

「それが刑事さん、知らない土地なのですっかり道に迷ってしまったんですよ！」

「なにを威張ってるんだ」

「で、なんのご用事でしょう」

「ご用事もご用事、事件について知っていることをぜんぶ喋《しゃべ》ってもらおう」

「刑事さん以上に知っていることなんて、ぼくにはありませんよ」

「いまのうちに話してくれたら、事件解決の礼をいうだけで済むかもしれないぞ」

今朝、教会で牧師が変死体となって発見された。そのときも、この町にはめずらしく、雪が降っていた。

＊

十一月二十七日、日曜日、午前十時二十分。押越巡査部長は「住吉台《すみよしだい》教会」に到着した。通報から四十分超、早朝から降りはじめた雪のせいで、思った以上に到着が遅れた。教会は小高い丘の上にある。住吉台というのはこのあたりの地区名だった。

県道に面した正門からではなく、建物の裏手にあるもうひとつの門をとおって、裏玄関から入り靴を脱ぐ。そこからは、前方と右手の二方向に廊下が延びていた。

前方に延びた廊下の右側に部屋が並んでいる。鎌足大地《だいち》牧師の遺体が発見されたのは、いちばん手前にある「集会室」だった。長テーブルにパイプ椅子、あとはホワイトボードがあるくらいの簡素な部屋だが、中庭に面した大きな窓のおかげで雰囲気は明るい。先着した捜査員たちが、作業をはじめていた。

遺体は、奥行き六十センチほどのクローゼット内にあった。身体《からだ》の左側を下にし、壁を向いた恰好で倒れている。後頭部に出血の痕《あと》がみられた。鑑識員の許可を得て近寄る。

「発見時、クローゼットの扉は？」

左右の折戸は、現状どちらも全開になっている。

「閉じていたとのことです」

通報で最初に駆けつけた交番勤務の桑原《くわはら》巡査がこたえた。若いだけに緊張がうかがえ、口調はかたい。

「発見者は遺体を動かしたのか？」

「肩を揺すっただけで、体勢は変えていないそうです」

遺体が隠されていたという状況から、検視を待たずとも事件性は明らかだった。押越は四肢、手指、そして靴下の上から足の指に触れた。現場には、警察より先に救急隊がきていたが、彼らはすぐに不搬送を決めたことだろう。死体硬直は末端にまで達していた。昨夜からの低温を勘案すれば、死後半日以上経過していることは間違いないように思われる。ポケットからは免許証の入った財布、電源の切れた携帯電話、キーホルダーがみつかった。

「牧師に家族は？」

「奥さんは五年前に亡くなっていて、現在は中学三年生の息子とふたり暮らしだそうです。その子の行方が、わかっておりません」

「……なんだって？」

押越は視線を遺体から巡査に移した。

「ですから、息子が行方不明です。教会内にも自宅にも姿がありません」

「名前は？」

「鎌足シンです。シンセイのシンと書きます」

はじめ押越は「神聖の神」だと思い、たいそうな名前をつけたと驚いたが、実際は「申請の申」だった。

「いつから行方がわからないんだ」

「昨夜八時頃、教会員のひとりがここの廊下で会ったと証言しています」

洗礼を受けた信徒を正式に「教会員」と呼ぶのだという。

「そのとき、牧師には会っているのか？」

「いえ。いまのところ牧師の目撃情報は昨日の昼以降ありません」

「息子に会った教会員というのは、もちろん今朝の礼拝にきているな？」

「はい。遺体の発見者でもあります」

遺体を発見し通報したのは、日曜礼拝にきたふたりの男女だった。礼拝がはじまる九時三十分になっても牧師があらわれないことを不審に思い、建物内をさがしたらしい。いまは礼拝堂で待機しているはずだった。

「最初の通報が消防に入ったのは九時三十七分だろう？　さがしはじめて十分もしないうちに

クローゼットまで開けたっていうのは、少し妙じゃないか」

「それについては、扉の前に聖書があったからだと説明しています。もちろんふだんは、床に聖書が置いてあることなどないそうで……」

押越は「これか?」といって、横向きになっている遺体の胸のそばから、一冊の本をとりあげた。

「みつけたときは、扉の外に落ちていたんだな?」

「はい。開けるときに一度どかし、その後あらためて、遺体の近くに置いたそうです」

「……奇妙だな。遺体を隠しておきながら、目印のように聖書を置いていくなんて」

「たしかに不思議ですね」

「この本は牧師のものなのか?」

「それが、教会員によると、ちがうようだと」

「本人のものではない聖書が遺体のそばにね……」

押越は肩をすくめて本を床に戻した。

「ところでここは集会室といったが、なにをする部屋なんだ」

「主に会議らしいです。牧師と、教会員から選ばれた役員で構成する役員会というのがあります。教会運営に関わる決定は、すべてその承認を経てなされるとか」

「なるほど。隣の部屋は? ドアが開いていたが」

「『事務室』です。土曜はそこで翌日の礼拝の準備をしていることが多かったそうで」

押越は桑原巡査を伴って事務室に入った。

「なんとなく学校の職員室を思いだす」

「実際ここは幼稚園の職員室でしたから」

「幼稚園？」

「はい。『光の繭《まゆ》幼稚園』といって、五年前までやっていました。以前は教会も、『光の繭教会』という名前だったんですが、十年前に鎌足牧師が前任者から引き継いだときに、住吉台教会と改めたそうです。光の繭という名前は、もともとこの地方の産業だった養蚕《ようさん》にちなんでつけられたらしいですが、しばしば新興宗教と勘違いされたとかで……」

巡査によれば、町に教会ができたのは戦後間もなくで、伝道に訪れた牧師が、空《あ》き家《や》になっていた古民家を入信者から提供されてはじまった。

当初は古民家の一階を礼拝堂、二階を牧師の住居としてつかっていたが、教会員が増えて手狭になり、伝道開始から十年後、あらたに教会堂を建てた。元々あった古民家はそのまま牧師の自宅となった。

鎌足大地は教会を開いた牧師の二代後任で、前任者の急死を受け、十年前にほかの教区から招かれたそうだ。

「あれが牧師の自宅です。教会員からは〈牧師館〉と呼ばれています」

巡査が、中庭の向こうにみえる二階建ての家を指さした。もちろん古民家のままではなく現代的に改築されているが、うっすら雪をかぶった切妻造《きりづまづくり》の三角屋根に往時の面影が感じられた。

「さっきから、ずいぶん教会の事情に詳しいな。われわれの到着前にそこまで聴取したのか？」

「いえ、予《あらかじ》め知っていたこともあります。交番勤務として、担当地域の把握を常に心掛けておりますので」

桑原巡査は誇らしげに敬礼してみせた。

「ちなみに遺体のあった集会室は、元うさぎ組の教室です」

「そこは蚕《かいこ》と関係ないんだな」

相槌《あいづち》を打ちながら押越は窓に近寄った。自分がいる南の教会建屋と、北の牧師館は、渡り廊下を介して棟の東側でつながっていた。中庭は生垣を挟み、西の県道に面している。

各々の建物の正面入口は西側にあった。押越が入ってきた裏玄関――かつて幼稚園の入口でもあった――は、教会建屋の東に位置している。裏玄関から右手――つまり北側に延びていた廊下が、そのまま牧師館への渡り廊下につながっているようだ。

「これが牧師の机です」

「荒らされた形跡がある」

「いえ、いつもこのような状態だったと」

「冗談だよ」

机は書類に埋もれ、その上にノートパソコンが傾いて載っていた。

「おおい、パソコンになにかあったか？」

押越は部屋にいる鑑識員に訊《たず》ねた。

「まだ詳しくはみていませんが、それをつくっていたみたいですよ」

鑑識員が「それ」といったのは、キーボードの上に載っている折り目のついた紙のことだった。礼拝のプログラムや集会のお知らせ、奉仕活動の報告に今後の予定などが掲載されている。「聖書に登場する虫」というコラムまであった。

紙を折り目にそって三つにたたむと『住吉台教会週報』というタイトルがリーフレットの表にきた。週報というからには、毎週発行しているのだろう。報告書をためがちな押越には、神の御業《みわざ》に感じられた。

「……ん？　これは去年のじゃないか」

表紙に記載された発行日に気づいていうと、

「同じ時期のものだから参考にしたんじゃないですか？　教会の行事なんて、どうせ毎年変わらないでしょう」

鑑識員がそう私見を述べた。

パソコンの横には、一冊の本が開いた状態で置かれている。

「旧約聖書ですね」

押越の目線に気づいた巡査が、そういった。

「わかるのか？」

「ページの上に『イザヤ書』とあります」

そういわれたってわからない。

「註釈がついていますから解説書の類《たぐい》ですね。説教の準備中だったのかもしれません」

「なんだ、クリスチャンか？」

「子どもの頃、お菓子目当てで教会学校に通っていました」

「そいつは心強い」

そういってパラパラとページをめくったとき、ある文章が目にとまった。

〈たとい、あなたがたの罪が緋《ひ》のように赤くても、雪のように白くなる〉

「旧約聖書もキリスト教の聖書なのか」

「もちろんです」

「イエス・キリストが登場する？」

「いえ、でてきません。それは新約のほうです」

「その段階でもうわからん」

「ご説明しましょうか？」

「いや、遠慮しておこう。で、遺体のそばにあったのはどっちだ?」

「あれは、合本でした」

「おもしろくないこたえだ……まあいい。発見者は礼拝堂で待っているんだったな」

「はい」

「ホテルのチャペルみたいなところだろう?」

「まあ、イメージはそうですね」

「それにしても、心配なのは息子だ」

事務室には縦型のロッカーが四台あった。すべて開けてみたが、異状はなかった。

「中三というと、十四か、十五」

「事件に巻き込まれたのでしょうか。それとも……」

巡査は意見を聞きたいようだったが、押越はなにもこたえなかった。


裏玄関から前方に延びた廊下の突き当りに、扉があった。

「牧師は礼拝の際、いつもここから入っていたそうです」

扉を開けると、階段一段分の高さしかないステージのような場所の脇にでた。礼拝堂の正面入口からみて、右奥にあたる。左奥の壁際には、古びたオルガンがみえる。

壇上のほぼ中央に、教卓のような机があった。おそらく牧師が説教をおこなう場所だろう。

その左右に少し背の低い卓が配置されていて、片方に赤いロウソクが、もう片方には花瓶が載っていた。花瓶には、淡い紫を帯びた咲きかけの白い花が生けられている。

礼拝堂は、想像していたホテルのチャペルとはまったく異なり、まさしく幼稚園か地方の分校の体育館といった趣《おもむ》きだった。天井近くの窓につかわれた色ガラスと、奥の壁の十字架のレリーフが、数少ない教会的な装飾と呼べそうだ。

座席は木製の長椅子で、計十脚が、間をとって二列に並んでいる。据えつけではなくもち運びのできるものだ。その最前列の椅子の前に立って、男がひとり卓上の花を眺めていた。声をかけると、男はびくりと身体を震わせた。卓で死角となっていたのか、押越たちが入ってきたことに気づいていなかったらしい。押越は巡査から渡されたメモをみた。彼が、通報した鰍沢泉だろう。

「王野警察署の押越といいます。たいへんショックを受けているとは思いますが、捜査にご協力ください」

押越は男に近づきながら、そう挨拶《あいさつ》した。

「ど、どうぞおかまいなく……じゃなかった、よろしくお願いします」

「ええと……おひとりですか？」

ほかにもうひとり、遺体の第一発見者がいるはずだが。

「佐野《さの》さんは、ちょっと席をはずしています。その……トイレに」

「そうですか」

待つあいだ、リラックスさせるつもりで押越は鮴沢に話しかけた。

「花が好きなんですか？」

「花も好きですが、もっと好きなのは花に集まる虫のほうです」

そういって鮴沢が花に手を伸ばした、そのときだった。突如、甲高い声が礼拝堂に響いた。

「なんとかハレルヤ！」と叫んだようだが、突然すぎてはっきりとは聞きとれなかった。正面入口のほうをみると、白髪の女が立っている。

「お待たせして申し訳ありません。佐野今日子《きょうこ》と申します」

「いえ、お待たせしたのはこちらのほうですから……と、ところで、いまのはなんの呪文……いえ、お祈りの言葉かなにかですか？」

二列の椅子のあいだを、ゆっくりステージのほうへ近づいてくる彼女に、押越は幾分怯えながら訊ねた。

「いまの？　ああ、その花の名前です。シンビジウム・エンザンスプリング・ハレルヤ。洋ランの一種で少々お高いですが、アドベントに入りましたから贅沢《ぜいたく》をしました」

「アドベントというのは、十一月三十日に近い日曜からはじまる、クリスマスを待ち望む期間のことです」

巡査がすかさず解説を入れてきた。

「みなさんでご覧になっていたようですが、花がお好きですか？」

「いえ、わたしはろくに名前も知りません。彼は、花より虫が好きらしい」

押越が魬沢をさしてそういうと、今日子が眉をひそめた。

「あら、虫がいますの？　買ったお花ですのに」

「ご安心ください。ぼくの勘違いでした」

魬沢は茎に指を伸ばすと、白い埃をつまみとった。

「もしかしてカイガラムシかと思ったんですが、ただの綿ゴミです」

「カイガラムシ？」

「ええ。カメムシやアブラムシに近い仲間で、メスは植物にくっついて栄養を吸います。食べることにしか関心がないようで、移動することをやめ、そのうち自身の分泌物や排泄物《はいせつぶつ》に体が覆われ、こんな見た目になります」

指先で丸めたゴミをみせられても、返事のしようがない。そのとき、

「〈たとい、あなたがたの罪が緋のように赤くても、雪のように白くなる。たとい、紅《くれない》のように赤くても、羊の毛のようになる〉……！」

ふたたび甲高い声が礼拝堂に響いた。もちろん今日子だった。

「い、いまのは……イザヤ書ですな」

「まあ。刑事さんも聖書をお読みに？」

今日子の顔が輝いた。

「いえ、さっきたまたま目にしただけです」

「カイガラムシと聞いて思いだしましたの。イザヤ書一章十八節です。ここにでてくる〈緋〉は赤い染料、〈紅〉はその色素をもつカイガラムシの一種のことだそうですよ」

するとは鮴沢が、

「〈緋〉は耐久性のある染料で、布に染み込めば落とすことはできない。しかし神は〈緋〉のように消えないと思われる罪でさえ除くことができる……神による、罪の赦《ゆる》しのメッセージですね」

と、ニヤリとしながら知識を披露した。

「あら、鮴沢さんも聖書を?」

「いえ、さっきたまたま目にしただけです」

誰かの真似をする。押越は幾分むっとした。いつまでも聖書の話に付き合っているわけにいかないので、わざとらしく咳払《せきばら》いをする。

「では、そろそろ今朝の出来事を聞かせていただけますか」

「あ、その前に」

今日子はハンドバッグのなかからビニール袋をとりだした。今度はなんだ。

「どうぞ。お腹がすきませんか?」

「……はあ」

「干し柿です。うちで干しましたの」

「その……われわれはけっこうです。職務中ですので」

桑原巡査がだしかけた手を引っ込め、そのまま額にもっていって敬礼した。ぜんぜんごまかせていない。

「そうおっしゃらずに。空腹は悪魔に付け入る隙を与えます」

押し切られ、結局みなで頂戴《ちょうだい》することになった。時期的にまだはやいのではと思ったが、表面が白くなった干し柿は、中身がとろけるように熟していて絶品だった。

「……ごちそうさまでした。じゃあ、はじめましょう。どうぞお座りになってください」

「いえ、このままで結構です」

今日子が背筋を伸ばしてそうこたえたので、聴取は立ったままおこなうことになった。押越は甘い息を吐きながら、最初の質問をした。

「ええと……礼拝の参加者は、佐野さんと鯨沢さん、おふたりだけ？」

「いいえ。ほかに三人いたのですが、川端《かわばた》さんは遺体をみつけたわたくしの悲鳴で腰を抜かし、下妻《しもつま》さんは遺体をみて失神してしまいました。ちょうど救急車がきていましたので……本来は鎌足牧師のために呼んだものですが……両名ともそれで搬送していただきました。もうひとりの飯塚《いいづか》さんも付き添いで病院に。間もなく戻ると思います」

「そうですか……消防にも通報した甲斐がありましたね」

押越は自分でもよくわからない感想を述べた。どうも調子が狂う。

「おふたりは、ここの教会員ということでよろしいですか?」

「わたくしは教会役員を務めていますが、魞沢さんは今日はじめていらっしゃいました」

「ほう、はじめて?」

刑事に怪しまれたと思ったか、魞沢が慌てて来訪の理由を説明した。友人の墓参りだけするつもりが、事前に電話で連絡をとった際に牧師から誘われ、礼拝に出席することにしたのだという。

いっぽう今日子は、ときどき声が裏返る以外は至って落ちついた様子で、

「わたくしがついたのが八時四十分頃でした」

と、穏やかに今朝の経緯を話しはじめた。

「裏手の玄関から入って、まっすぐこの礼拝堂にやってきました」

「そこの錠は?」

「預かっている鍵で開けました。ただ、その時点で少しおかしいとは感じました。いつもであれば鎌足牧師が先に開けておいてくれます」

「鍵をもっていて教会に自由に出入りできるのは、牧師と佐野さんだけですか?」

「可能という意味では申くんもそうです。自宅から渡り廊下をとおって入ることができますか

ら。むかしは教会を常時開放していましたが、時代が変わりました」

「わかりました。つづけてください」

「正面玄関と外の門は内側で施錠していますので、まずそれらを開け、玄関に飾ったツリーの電飾をつけました。玄関には教会員に与えられた週報ボックス……小さなロッカーみたいなものですが、そういうボックスがありますので、そこから今週分の教会週報をとりだし受付に準備しました。来会者に配るためのもので、前日のうちに鎌足牧師が入れておいてくれます」

今日子はハンドバッグから週報をとりだし、押越に手渡した。例の、牧師が最後につくったものだろう。「先週の集会」という項目に「主日《しゅじつ》礼拝出席者、男子一名、女子三名」とあり、「席上献金三千三百円」と記されていた。人情として三百円の主が気になるところではある。コラムは「聖書に登場する虫」から「聖書に登場する植物」に変わっていた。押越は礼をいって先を促した。

「八時五十分に飯塚さんが、九時過ぎに川端さんと下妻さんがいらして、いつもの来会者がそろいましたので、燭台《しょくだい》のロウソクに火を灯しました。そこへ鮲沢さんがいらっしゃったんです。あれはたしか……」

「九時十五分です」

鮲沢が話を引きとる。

「受付に誰もいなかったので勝手にスリッパに履き替えてなかに入ったら、佐野さんに叫ばれてしまいました」

「叫ばれた？」

訊き返すと、今日子が恥ずかしそうに、

「叫んだんじゃありません。久しく新来者がありませんでしたから、わたくし嬉しくなって、大声で『ようこそ！』と呼びかけたんです。そうしたら鮲沢さん、礼拝堂から逃げだしてしまって……」

と説明した。

「いやあ、不審者に間違われたと思ったもので」

「そこで逃げたら完全に不審者じゃないか」

桑原巡査がもっともな指摘をする。

「靴の履き替えにもたもたしていたら、あっさり追いつかれまして」

「逃げるときは靴なんか置いていくものだ」

押越は巡査に、いちいち相槌はいいからと注意した。

「すみません、佐野さん。つづけてください」

「はい。鮲沢さんをご案内しているうちに九時半が迫りましたので、壇上へ参りました。司式……つまり会の進行役も務めねばなりませんでしたので。ところが、九時半になっても鎌足牧師がいらっしゃいません。それで、事務室を覗きにいったのです」

牧師は礼拝前、事務室の自席で気持ちをととのえる。たとえ聴衆が少なくても、である。それを邪魔せぬよう、朝は挨拶もせず、まっすぐ礼拝堂へやってくるのだと今日子は補足した。

「単に遅刻とは考えませんでしたか?」

今日子の行動があまりに迅速な気がして訊ねてみたのだが、彼女は眉根を寄せ、

「単なる遅刻だとしたら、それこそ大問題です。主を讃美する礼拝は教会の生命線であり、牧師はそのために教会に仕えているのですから」

と、きっぱり回答した。

「事務室に姿はなく、机の上は説教の準備を途中で投げだしたような印象でした。事務室の電話から鎌足牧師の携帯電話にかけてみましたが、つながりません」

遺体が所持していた電話は電源が切れていた。

「次に隣の集会室を覗き、クローゼットの扉の前に聖書が落ちているのをみつけました」

彼女は本を拾いあげ、扉を開けた。そして鮎沢曰《いわ》く、ガラスも割れんばかりの悲鳴をあげた。

鮎沢は仰天して椅子から跳びあがり、声のほうへ駆けた。すでに立ちあがって不安そうにしていた川端トヨが、悲鳴に腰を抜かしたことには気づかなかったという。

鮎沢も、まず手前の事務室に入った。今日子がドアを開けたままにしていたからだ。

「机の上がまるで荒らされたようでしたから、泥棒でもいるのかと身構えました」

鮎沢の気持ちはよくわかった。今日子がつづける。

「悲鳴をあげたあと、何十秒かは放心していたような気がします。はっと我に返りもう一度『誰か』と呼んだら、隣の事務室にいた鮲沢さんが『こっちでしたか』といって、きてくれました。手遅れとは思いましたが救急車を呼んでもらうようお願いして……鮲沢さんはつづけて一一〇番にも通報してくださいました。それから遺体をそのままに、渡り廊下から牧師館へ参りました。もちろん、申くんが心配だったからです」

「ぼくもあとを追いました。なんとなくひとりが心細かったからです」

ふたりで牧師宅の各部屋を回ってみたものの、少年はみあたらない。外にも姿はない。やがてサイレンの音が聞こえてきたので、門の前で救急車を待った。この間《かん》に、集会室を覗き込んだ下妻タエが失神してその場に倒れたため、現場に若干の混乱が生じた。

救急隊は牧師を搬送せず、代わりに二名の信徒を担架《たんか》で運んだ。それと並行して今日子と鮲沢は桑原巡査に事情を説明し、あとはここで待機していたという。

「病院に向かった三人は、みな教会員のかたですか?」

「川端さんと下妻さんはそうです。飯塚さんは、もちろんお仲間のひとりではありますが、教会に通うようになってまだ半年足らず。洗礼を受けておりませんので教会員とはお呼びしておりません。キリスト者を志す、求道者といったところでしょうか。教会について非常に勉強熱心ですし、活動予定などもきちんと把握するよう心掛けてらっしゃいます……あ、ちょうど戻られました」

正面入口に足音がして、丸顔の小柄な中年男が入ってきた。みるからに腰の低い印象で、実際、脚が短い。

「飯塚清《きよし》と申します。ここで、教会のお手伝いなどをしております」

彼はぺこぺこと何度も頭をさげながら、押越たちのいるステージ——今日子はその場所を講壇と呼んだ——のそばまでやってきた。言葉に、当地のものでない訛《なま》りが感じられる。

「ご苦労様でした。はやかったですね」

今日子がねぎらう。

「バスはあてにならないのでタクシーをつかいました。運よく雪に慣れた運転手で」

「お腹がすいたんじゃありません？　干し柿をどうぞ」

「い、いえ、自分はけっこうです。昨日、ご近所からたくさんいただきましたので」

「川端さんと下妻さんの容体はどうでした？」

「川端さんはもう歩けるようになりました。下妻さんは念のため一日入院するそうです」

「心配ですね。わたくしもあとで病院に参りましょう。いま、刑事さんに朝の状況を説明していました」

「そうでしたか。よろしくお願いします」

飯塚はまた何度も頭をさげた。押越は「戻ってすぐで申し訳ないが」と前置きし、彼にも今朝のことを訊ねた。

「は、はい。自分がついたのが八時五十分頃だったと思います。椅子を並べて会衆席をつくり、あとは正面玄関の掃除に、門まわりの雪かきを。そのあいだに、川端さんと下妻さんと、こちらの男性のかたがいらっしゃいました」

飯塚は鮎沢を手で示した。

「気づいたら九時半になっていましたので、慌てて礼拝堂《なか》に戻り、聖書と讃美歌集を開きました。しかし、いつもなら時間ちょうどにはじまる下妻さんのオルガンが鳴りません。おやと思って顔をあげると、司式の佐野さんが説教台のところで落ちつかない様子です。そのときになって、鎌足牧師がいないことに気づきました」

その後、今日子が牧師をさがしにでて、遺体発見へとつづく。

「佐野さんの悲鳴が聞こえたとき、自分もすぐ向かおうと思ったのですが、川端さんが腰を抜かしたため下妻さんとふたりで介抱しました。そのうち下妻さんが『やっぱり気になるからみてくる』といって廊下にでていき……」

結果、飯塚は下妻タエの介抱もすることになったわけである。

どうやら各人の証言に齟齬《そご》はない。通報に至る経緯はこのくらいでいいだろうと判断し、押越は質問を変えた。

「みなさんが、生きている牧師を最後にみたのはいつでしょう?」

まず鮎沢が「ぼくは電話で話したことしかありません。昨日の午前中に上履きが必要かを確小憎らしい。

認したのが最後でした」といって、「おしまい」とばかりに一礼し、一歩さがった。どうにも

「佐野さんはどうですか?」

今日子は、昨日の午前中、牧師と一緒に事務室にいたと証言した。十一月の決算の準備をし

ていたという。

「なにかいつもとちがった様子はありましたか?」

「仕事をはじめてすぐに、気落ちしてらっしゃいました。もっとも、事件とは関わりないと思

いますが」

「それはわれわれが判断します」

「週報をつくろうとしたら、パソコンのデータが消えていたそうで」

「ああ、それはゲンナリするでしょうね」

たしかに事件とは直接関係なさそうだ。

「わたくしは自分の仕事を済ませ、正午の時報とほとんど同時に部屋をでました。鎌足牧師は、

まだいらっしゃいました」

「ありがとうございます。飯塚さんはどうでしょう?」

「はい。いつもは礼拝前日に掃除をするんですが、昨日は用事があったので一昨日《おととい》のうちに済

ませておきました。鎌足牧師と会ったのは、その日が最後です」

これまでの証言に偽りがないとすれば、鎌足大地は昨日の正午過ぎから午後十時頃までのあいだに死亡したことになる。午後十時というのは死体の硬直からの押越の推測であり、これ以上は専門家の見解を待つしかない。

「ちなみに飯塚さんは、昨日どういったご用事が」

「はあ、その……」

彼はもじもじした。

「飯塚さんは、娘さんの結婚のお祝いがあったんですよ」

今日子が助け船をだすと、飯塚は丸い頭をバリバリとかいて、

「い、いやあ、お祝いっていっても、向こうが近くにきてくれて、よ、夜にレストランで食事をしただけですから、べつに休ませてもらうほどじゃなかったんです。にょ、女房と別れて以来、じゅ、十五年ぶりでしたから、娘に会ってもピンときませんでした」

と、顔を真っ赤にする。鮎沢が、「こんなときになんですが、おめでとうございます」といって、頭をさげた。巡査もなぜだか敬礼している。

「では、みなさんのほかに、教会あるいは牧師宅を訪ねてくるような人物に心当りはありませんか?」

わずかばかりの沈黙ののち、口を開いたのは飯塚だった。

「き、昨日は花の配達があったと思います。そこに飾ってあるシンビジウムです。鎌足牧師の

希望で、配達は午後二時にお願いしてありました」

「なるほど、受けとりは牧師がしたわけですね。店に確認してみましょう」

押越は店名を控えた。少なくとも死亡推定時刻の範囲は狭くなるはずだ。そのとき飯塚が、

「花屋といえば、十二月六日の注文はどうしましょう?」

と、低い声で今日子に訊ねるのが聞こえた。

「あら、六日になにかありました?」

「たしか、午後にお茶会の予定が」

「来月のお茶会は勉強会のあとですから六日ではなく七日です。いずれにせよ中止でしょう」

そこまで聞いて押越は口を挟んだ。

「……すみません。勉強会というと?」

とりあえず、いまはなんでもメモをとっておく。

「毎週水曜に聖書を通読して学ぶ会を開いております。お茶会のほうは不定期ですが」

「なるほど、偉いもんですな……そうだ、聖書といえば、現場にあった本は牧師のものではないと聞いたのですが」

「ええ。当教会で使用している聖書にはちがいありませんが、ご本人のものでないことはたしかだと思います。署名も書き込みもありませんでしたから、どなたのものかは、わかりかねます」

彼女は、印がないので教会の備品でもないと付け加えた。

「そうですか……あと少しだけお付き合いください。最後に申くんのことを訊かねばなりません。昨夜、教会で彼に会ったというのは佐野さんですか？」

「はい。午後八時頃でした」

「なぜ、そんな時間にここへ」

「事務室に手帳を忘れたことに気づいたんです」

「手帳だけで、わざわざ？」

「……日記帳としてもつかっているものですから」

「なるほど。日記を他人に読まれることほど恥ずかしいものはありませんからな」

今日子は「ええ」といって顔を赤らめた。手帳は五分もしないでみつかり、ほかに用事がなかったので事務室以外は覗かず、すぐに帰り支度をしたという。

「靴を履いて裏玄関の灯りを消した直後に、渡り廊下の電気がついたんです。てっきり鎌足牧師だと思って待っていたら、あらわれたのが申くんだったので、びっくりしました」

「びっくりというと？」

「その……申くんが教会にくることは、滅多にありませんので。向こうも驚いたみたいで、わたくしに気づくとすぐ自宅のほうへ引き返してしまいました。なんとなく渡り廊下が暗くなるまで待ってから、外へでました」

「では、申くんとは言葉も交わしていないわけですね」

「はい」

「錠は?」

「かけて帰りました」

「きたときは閉まっていましたか?」

「いえ、開いていました。鎌足牧師がかけ忘れたか、すぐ戻るつもりで自宅にいるのだろうと思い、とくに気にはしませんでしたが」

押越は質問の角度を変えた。

「ところで、牧師の奥さんは五年前に亡くなったと聞いたのですが」

「はい。葵《あおい》さんといって、クリスチャンとしても牧師夫人としても立派なかたでした。若き日の鎌足牧師を信仰に導いたのは、彼女だったそうです」

「先ほど、申くんが教会にくることは滅多にないとおっしゃいましたね。父子《おやこ》の関係はどうだったんでしょう?」

この質問に彼女は黙った。というより、どう話すべきか思案しているといった様子だった。それをみて、飯塚が口を開く。

「息子さんは、ほとんど自分の部屋からでてきません」

「それは……引きこもっているという意味ですか?」

押越が訊き返すと、彼はすぐに困って、結局今日子の顔色をうかがった。彼女はため息をついた。

「ふつうに外出することもあります。自室からでられないわけではなく、鎌足牧師と教会を避けていただけですから」

「それはまた、どうして……」

「申くんは……父親を憎んでいました」

今日子は観念したように、そういった。

刑事は思わず表情を引き締めた。はじめて、事件の動機になり得る言葉がでてきたのだ。

「それは……穏やかじゃないですね」

「多少複雑な事情があります」

彼女はゆっくりとまばたきをしてから、その事情を語りはじめた。それは冒頭から押越を驚かせるものだった。

「葵さんは五年前の八月、路上で通り魔にナイフで刺され亡くなりました。逮捕されたのは大《おお》宮竹男《みやたけお》という五十代の男性で、アルコール依存症のかたでした。それゆえ心神耗弱《しんしんこうじゃく》を理由に刑が減軽され、検察は控訴せず、懲役九年が確定しました」

当時押越は王野署の刑事ではなかったが、県下では大きな事件だったので、記憶に残っている。たしか弁護側は心神喪失による無罪を主張しており、検察にしてみれば有罪判決がでただけで御の字だったのだ。あの被害者が鎌足大地の妻だったとは。

「事件のショックは鎌足牧師の信仰を揺るがすものでした。妻を殺害された被害者遺族としての感情と、キリスト者としての信仰のあいだで、懊悩《おうのう》することになったのです」

今日子の小さな肩に力が入っているのがみてとれる。

「聖書は〈あなたの敵を愛しなさい〉と教えます。〈あなたがたの天の父があわれみ深いように、あなたがたも、あわれみ深くしなさい〉と教えます。それを鎌足牧師は、教会教師としてだけでなく、妻を殺害された夫として、嘆《なげ》きのなかで試されることになったのです」

飯塚が「そんなことが……」と呻《うめ》いた。初耳らしかった。

「鎌足牧師は湧き起こる憎しみの感情に苦しみ、這いあがるヒントを求め、殺人事件の被害者遺族会に参加したこともありました。同じ悲しみに沈む人たちがいて、本来なら彼らを信仰へ導き救いを与えることが教会に仕える者の務めのはずです。しかし鎌足牧師は、その場でいかなる福音《ふくいん》も語ることはできなかったそうです」

隙間風が笛のような音をたて、窓がガタガタと鳴った。彼女はなおも話した。

「葵さんを愛すればこそ、犯人を赦すことはできない。しかし信仰を裏切ることは、彼女の愛を裏切ることに等しいのではないのか……そんな相反する思いに心を引き裂かれていたにちがいありません。信仰を揺さぶられ精神の調和を失ったことで、若さと自信に満ちていた鎌足牧師の教会運営に迷いが生まれました。主の御言葉（みことば）が語られるはずの説教から力が失われたのです。教会員に不安が宿りました」

　今日子は先刻、礼拝は教会の生命線だといった。いかなる事情があるにせよ、礼拝に重責を負う牧師の動揺は、信仰自体への疑念をもたらしかねないのだろう。

「やがて鎌足牧師が役員会に辞任を申しでたとき、多くの信徒が、牧師と教会にとって最良の選択と捉えました。しかしわたくしは反対し、つよく慰留しました。役員に対しても、こういうときこそ団結して鎌足牧師を支えるべきだと主張しました。しかし合意が得られず、結果、担任教師の交代を望んでいた多くの教会員が住吉台教会を離れました」

　それが現在の教会の寂しさにつながっているのかと、押越は納得した。

「残された者たちで、なんとか最低限、礼拝だけは維持しました。近隣の教会に応援を頼んだこともあります。毎日が綱渡りでした。鎌足牧師が暗闇に落ちぬよう、わたくしたちで足場のロープをしっかりと張っておかねばなりません。事件から二年が経ち、誰もが疲れを感じていたある日でした。服役中の大宮が自死したという報《しら》せが届いたのです」

　押越の記憶では、たしか大宮は、トイレの配管に肌着をくくりつけ首を吊って死んだ。

「鎌足牧師が『大宮竹男の遺骨を教会の共同納骨堂に埋葬しようと思う』と、わたくしに告げたのは、その報せの一か月後でした」

「……なんですって？」

「大宮は無縁仏として公営墓地に埋葬されていました。それを、教会で引き受けると申しでたのです」

「妻を死なせた加害者を、同じ墓に……?」

信じられないことだった。

「……牧師は、大宮を赦したということですか?」

「赦すのは神です。わたくしたちは、ただ祈ります」

「……理解できませんね」

押越は率直にいった。ひととき風がやみ、教会に冬の静寂《せいじゃく》が満ちた。

「理解できなくても受け入れるということが、わたくしたちには大切なのです」

今日子は寂しそうに微笑《ほほえ》んだ。

「人生につらいことが起きたとき、わたくしたちはつい信仰を疑い、主を疑うものです。神様がいるのなら、どうしてこんなつらい目に遭わせるのか——と。しかしわたくしたちが悲しむとき、主もまた悲しんでおられます。わたくしたちが信仰を棄《す》てず、試練を乗り越えるときを待ち望んでいらっしゃいます」

「しかしそれを、子どもに納得しろというのは酷《こく》でしょう」

「ええ。ですから申くんは父親と教会を憎み、拒み、部屋にこもるようになりました」

「牧師はその断絶も受け入れた……というわけですか」

皮肉が口をつく。今日子が小さく首を振った。まるで押越を憐れむように。

「待つことも、試みのひとつです」

押越はまだなにかいいたい気分だったが、今日子のほうが先に言葉を継いだ。

「鎌足牧師はその後、アルコール依存症のかたがたの社会復帰を支援する団体とつながりをもつようになりました。グループセラピーに参加し、教会の雑務を復帰への中間的な仕事として提供することもはじめました」

ひと息で話し、今日子は肩の力を抜いた。飯塚が下を向いたまま、

「まったく知りませんでした」

といった。ショックを受けている様子だった。しばらく黙っていた鮎沢が、

「……じつは、ぼくが墓を訪ねにきた友人もアルコール依存症でした。牧師が関わっている団体の支援を受けていたんです」

おずおずと、そういった。

「事情はよくわかりました。しかし父親と距離を置いている申くんが、昨夜、教会のほうへやってきたのはなぜでしょう?」

押越の問いに今日子は「わかりません」と即答した。

「現場にあった聖書ですが、申くんのものという可能性はありませんか?」

「さあ。ただ、申くんは引きこもるようになってすぐ、自室にあった信仰に関する本をすべて

捨ててしまったようだと、鎌足牧師から聞いたことがあります」

押越はもうひとつだけ、思いついた疑問を投げかけた。

「佐野さんは、一度もこの教会を去ろうとは思いませんでしたか？」

その問いに、彼女はまっすぐな視線を返した。

「聖霊に召命されて仕えるからには、試練もまた主より賜《たまわ》ったものでしょう」

正面からみつめられ、押越はわからないなりに、うなずくしかなかった。

「……わたくしが教会に通いはじめて、もう五十年になります。いまでも、光の繭教会と旧《ふる》い名で呼んでしまうことがありますわ」

押越から視線をはずし、彼女は少しばかり遠い目をした。

「以前、牧師館は教会の別棟扱いで、家族のプライバシーは尊重されない状態でした。その建物から教会がはじまったという歴史からすれば、仕方ないことだったのです。しかし、そういう考えは時代に合わないという意見があり、鎌足牧師を迎える際、ほかに家をさがしていただいても結構ですと申しあげたのです。それでも結局は、ここに住んでいただけることになりました。十年前、申くんはまだ四つか五つでした。その五年後に葵さんが亡くなり、さらに五年後、こんなことに……」

今日子の目から涙がこぼれた。彼女は小さく「あっ」といって目の下をおさえたが、涙は頬を伝わり礼拝堂の床を濡らした。

「これから仕事が山積みです。泣くのはそれらが済んでからと決めていましたのに……」

彼女が必死に気を張っていたことに、押越はそのときはじめて気づいた。

飯塚が彼女の肩を抱え、椅子に座らせる。

「じ、自分もできるかぎりお手伝いします」

「ありがとう。集会や奉仕活動についても検討しなくてはなりませんね」

「そういえば直近で、小松町《こまつちょう》の老人ホームを訪問する予定があるようですが、どうしましょう。申しつけていただければ、先方と必要な連絡をとっておきますが」

「小松町……？　ああ、それは心配ありません。入居していた葉山《はやま》ルツさんは、三月に召天されましたから」

「……そうですか」

目を閉じた今日子の顔に、疲れの色が濃くなっていた。飯塚が心配そうに彼女をみつめ、舩沢はなにを考えているのか、天井をみあげている。

そろそろ切りあげるべきだろう。押越は協力への礼を述べ、三人の連絡先を控えた。

「のちほど、現在の教会員に元教会員、出入りする業者についてリストをいただくことになると思います。あとは、アルコール依存症者の支援団体名……これについては、もしご存じであれば、支援対象者の名前も知りたいのですが」

「できる範囲でご協力いたしますが、最後の件は、わたくしの一存ではお教えしかねます。プライバシーの深い部分に関わりますので」

今日子は目を閉じたまま、いった。

聴取を終えた押越はすっかりくたびれていた。そこに、渋滞で遅れていた本部の鑑識課に検視官、嘱託医《しょくたくい》らが到着した。

部下がひとり花屋に出向き、昨日午後二時にシンビジウムを届けたという店の記録を確認した。配達員は、裏玄関で牧師に直接花を手渡したと証言している。預かってきた受取証には、筆圧のつよい角張った字で、鎌足大地の署名があった。死亡推定時刻の詳細は解剖に委《ゆだ》ねられることになったが、嘱託医の見立ては、おおよそ押越の考えに合致した。

時刻は午前十一時半になろうとしていた。

押越は牧師の自宅をあらためることにした。本部の人間が入る前にみておきたかった。渡り廊下の窓から中庭がみえる。教会についたとき降っていた雪は、いまはすっかりやんでいる。

西の生垣の向こうに、鮎沢泉と飯塚清がいた。彼らはまるで慰《なぐさ》め合うように肩を寄せている。あるいは、遠目にそうみえるだけかもしれない。ふたりはゆっくり道を渡ると、坂をくだってみえなくなった。今日子は、飯塚が呼んだタクシーで先に帰宅していた。

牧師館に入ると、左手の玄関につづく短い廊下の途中に、階段があった。申の部屋は二階と知らされていたが、まずは一階をみて回った。

リビング、キッチン、牧師の書斎と思《おぼ》しき部屋……どこも散らかっていた。とくに書斎は酷《ひど》く、教会の事務室で仕事をしていた理由がわかった。あそこであれば、少なくとも足の踏み場がなくなることはあるまい。書斎の椅子の背もたれには、薄手の毛布がだらしなく引っかかり、布の端が床に垂れていた。

板を軋《きし》ませながら、傾斜のきつい階段をのぼる。

二階の一室は、どうやら夫婦の寝室だ。淡い水色のカーテン、ダブルサイズのベッド、鏡台……。独りになった牧師がここで寝ていたとは思えない。部屋はきちんと整理されている。押越の想像を傍証するように、壁のカレンダーは五年前の八月のままであり、目覚まし時計は動きをとめていた。

階下のリビングや狭い書斎で、牧師が毛布をかぶり、身体を丸めて眠っている様《さま》が思い浮かぶ。想像の姿は、どうしても遺体の恰好に似てしまう。

鏡台には写真立てがふたつあった。一枚は家族三人の写真、もう一枚は河原で撮った母と子のスナップで、どちらも申は小学校一、二年生くらいにみえる。申はかたときも離れたくないといった様子で母親にしがみついていた。

写真を置き、鏡台の抽斗《ひきだし》に手をかける。一冊のノートがあった。かなり厚手のものだ。表紙の右下に、鎌足葵という署名がある。めくると、美しい字で文章が綴《つづ》られていた。聖書を写したもののようだ。一朝一夕に書かれた分量ではない。

パラパラとめくるうちに、あることに気づいた。どうやら葵は、聖書を順番どおりに書き写したわけではない。同じ文章がページを跨《また》いで何度もでてくる。おそらく、彼女にとって大切な箇所を繰り返し文字に起こしていたのだろう……押越はそう感じとった。

全体の半分を越えたあたりで、異変があった。明らかに文字の書き手が替わったのだ。花屋の受取証にあったのとよく似た、角張った字になった。そしてその文字は、葵のしてきたことを一ページ目から繰り返していた。聖書の転写というより、葵の文章の模写だった。

さらにめくりつづけると、また異変が起きた。突然文字が歪《ゆが》み大きさがバラバラになり、判読できない滅茶苦茶な線になった。そうかと思うと、次のページでは元に戻り、またしばらくして急に乱れ、まるで塗りつぶしたようになる。それが何度も繰り返されていた。

牧師の声にならない叫びを聞いたと感じた。念が心に絡みつくのを感じ、押越はそれを振り払うように「ふっ」と強く息を吐いた。

ノートを引き出しに戻してから、なにかが足りない気がした。少し考えてわかった。聖書を写したノートはあるが、聖書そのものがみあたらない。この部屋が五年前のまま残されているのだとしたら、葵の聖書があっていいはずだった。

申の部屋のドアは開いていた。先にきていた部下の刑事がひとり、這いつくばってベッドの下に潜り込んでいるのがみえる。

外側のノブの近くに、掛け金がとりつけられていた。リング状の留め金具にはめて固定する、倉庫の引き戸によくつかわれるタイプのものだ。おそらく申がつけたのだろう。開き戸にはや不向きな掛け金だが、安価だしとりつけも容易だ。部屋をでるとき、南京錠《なんきんじよう》でもかけていたにちがいない。

引きこもりと聞いて、押越は階下の書斎のような部屋を想像していたが、拍子抜けするくらい片づいていた。ドア正面の壁に大きな世界地図が貼られている。自活できる年齢なら、とうに家を飛びだしていたかもしれない。本棚には漫画や小説、机にはインターネットに接続されたパソコンがあった。マウスのそばに、三桁のダイヤル式南京錠が転がっている。

押入れを開け、ざっとなかをみる。下段は雑多にものが押し込まれていたが、上段は比較的すっきりしていて、三段組みの衣装ケースのほかは、百科事典があるだけだった。

ひとむかし前は、百科事典のある家が多かった。押越の実家にも立派なセットがあった。買ったのではなく、父親がゴミ置き場から拾ってきたのだ……。廃品のように平積みで束ねられた押入れの事典が、彼にそんなことを思いださせた。

「わ、いつの間にきてたんです?」

ベッドの下からダンボール箱と一緒に這いでてきた部下が、押越に気づいて声をあげた。

「ついさっきだ」

「これをみてください」

部下が示したダンボール箱の中身は、キリスト教に関する本ばかりだった。今日子の話によれば、申は信仰に関する本をすべて捨てたはずだが……。

「それと、こんなものも落ちていました。本のケースです。中身は空《から》です」

部下は、それが現場の床にあった聖書の函《はこ》だといいたそうだった。

押越は考える。

申は父親を憎んだ。教会を憎んだ。だがここにある本は、信仰への関心をうかがわせる。しかもこれらは、彼が一度本を処分したあとで、あらためて購入したものである可能性がある。そのことは、申が父親を理解しようとしたことを意味するだろうか？　だが理解は、必ずしも受容のためにあるわけではない。理解は、否定のためにも必要なのだ。

理解、受容、拒絶——頭によぎる言葉が、今日子とのやりとりを思いださせる。

佐野今日子。

彼女は牧師と申のことを、本心ではどう思っているのだろう。

妻を失った鎌足大地の信仰が瓦解《がかい》しなかったのは、彼女の支えがあったからだ。彼は多くのことを彼女に告白していた。牧師が打ち明け、今日子が耳を傾ける……ある時期、ふたりの立場は逆転していたのだ。

今日子は代替わりした若い牧師に、若返った教会に、期待していた。だからこそ、自分が盾となって彼を守った。しかし立ちなおった牧師が力を入れたのは、教会の運営より、アルコール依存症者の救出だった。共同墓地には殺人者が埋葬され、支援団体の援助に活動資金が流れ、教会員の数は一向に戻らない。おまけに牧師の息子は信仰を呪い、礼拝にも出席しない……彼女は、親子に自分の期待が裏切られたと思わなかっただろうか？

遺体を発見した直後、今日子は中を案じて牧師館へ向かったという。しかし押越には、聴取の最中《さなか》、彼女がそれほど中を心配しているようには感じられなかった。

昨夜、中はなぜ教会にやってきた？　今日子は本当に、手帳を忘れただけだったのか？

「主任」

押越の黙考を部下の声が破った。彼はすでに空函をもって廊下にでていた。

「いきましょう。事務室で血痕がみつかったそうです」

ふたりは教会に戻った。事務室の壁の出っ張った部分――コンクリートの角柱のひとつから血液反応がでたという。牧師の机のすぐ近くだった。いっぽう遺体のあった集会室の床には、血が拭《ふ》きとられた痕があることもわかった。検視官は、牧師の死を他殺と判断した。後頭部の創傷は事務室の柱にぶつかってできたと推定し、そこを実際の現場とみている。よって集会室の床の血は、遺体を運ぶ際に付着したものと推察された。

遺体のそばにあった聖書は、中の部屋でみつかった空函の中身にまず間違いなかった。函の側面についた傷と、本の表紙についた薄い傷の線が、本を函に入れる途中で一本の線につながるのだ。

それから一時間が経ち、午後一時になって、現場での初動捜査が一段落した。遺体は搬送され、押収品が運びだされた。

押越は一団から離れ、廊下に立っていた。突然、礼拝堂につながる突き当りの扉が開き、外で野次馬整理をしていたはずの桑原巡査があらわれた。ずいぶん慌てた様子で「しゅしゅしゅ」と、口を尖《とが》らせている。

「どうした。落ちつけ」

「しゅしゅ、出頭しました。自分が牧師を殺害したといっています」

押越はメモとペンを床に落とした。

「誰がだ?」

「飯塚清です。突き飛ばして殺してしまったと」

飯塚が、殺した? 人の好さそうな彼の丸顔が頭に浮かぶ。

「署のほうにか?」

「それが……門に立っていた本官のところに」

「なんだと? いまもそこにいるのか?」

巡査は一度礼拝堂を振り返ってうなずき、声を絞った。

「はい。最後にもう一度、この場所で祈らせてほしい、と」

転がったペンは、床の溝に挟まって、とれなくなっていた。

*

「飯塚清は、あなたに自首を促されたと話している」

押越と鮲沢は、霊園の出口に向かって歩いていた。溶けかけてシャーベット状になった雪が革靴の底に滲《し》みる。

「ありゃ、そうですか」

鮲沢はまるで他人事《ひとごと》のようにこたえた。

鮲沢と飯塚が並んで教会からの坂をくだってゆく姿が、妙に押越の心に残っていた。それで飯塚に、出頭は自分だけで決めたのかと、問いかけてみたのだった。それに対する返事は、鮲沢の関与を示すものだった。

押越はあとを部下に任せ取調室をでた。鮲沢をさがすためだった。教会を訪れるのは今回がはじめてで、関係者にも顔見知りはいないといっていた男が、なぜ飯塚を犯人と看破したのか。訊かずにはいられなかった。

「それは……飯塚さんの勘違いが気になったんです」

「勘違い？」

「佐野さんは彼を、教会について勉強熱心で、活動予定もきちんと把握していると評し感心していました。お会いしてみれば、たしかに実直そうなかたです。そんな彼が、行事の予定を二度も誤って憶えていたことが引っかかりました」

「……ちょっと待ってくれ」

メモを開く。

「一度目は、花の配達について話しているときでした。飯塚さんは、お茶会の花をどうするか佐野さんに相談し、日にちの誤りを指摘されていました」

押越はそのときのメモをみた。「お茶会・聖書勉強会のあと」とあり、最初に記した十二月六日という日付を消して、七日に訂正している。

「二度目は聴取が終わりかけたときです。飯塚さんは老人ホームへの訪問が迫っていることを心配しました。しかしこれについては、予定自体がそもそもありませんでした」

今日子が、入居していた女性は今年の三月に亡くなったと話していた。

「もちろん、勉強熱心な人なら絶対に予定を間違えないはずだ、などと考えたわけじゃありません。ただ、勉強熱心だからこそ間違えてしまったということは、あり得ると思いました」

「……どういう意味だ？」

「飯塚さんが教会に通うようになったのは、佐野さん曰く、この半年ほどです。その彼が、どうしてそれ以前に教会員が入居していた老人ホームまで知っていたのでしょうか？　お茶会の日にちの件と一緒に考えたとき、ある可能性に気づきました。いや、実際には反対で、ぼくは先にこれを目にしていたからこそ、無意識のうちに飯塚さんの勘違いに引っかかりを覚えたんでしょうね」

鮎沢は携帯電話で撮影した写真を押越にみせた。なにか印刷された紙が写っている。

「事務室の、鎌足牧師のパソコンの上にあった『教会週報』です」

「なんでこんなものを？　だいたい、いつ撮影したんだ」

「佐野さんの悲鳴を聞いて、最初に事務室に飛び込んだときです。牧師の机にこの紙をみつけ、『聖書に登場する虫』というコラムが気になって、あとで読もうと何枚か写真に撮ったんです。なにしろ花より虫が好きなものですから……ちなみにこの回のテーマは、赤い色素を持つカイガラムシでした」

「カイガラムシ……そうか、あのとき佐野今日子相手にイザヤ書の解釈を披露できたのは、そのコラムを読んでいたからなんだな」

聖書を読んでいるのかと訊かれ、鮎沢は「さっきたまたま目にしただけ」といった。押越のセリフを真似ただけかと思っていたが、実際に目にしていたのだ。

「というわけで、もしあの紙が調べられたら、ぼくの指紋がでてくるはずですので、どうぞ穏便にお願いします。遺体を目にする前でしたから、多少呑気《のんき》にかまえていました」

「それは仕方ないとして……この写真がいったい？」

すると鮎沢が、何枚か撮影していたうちのひとつの画像を拡大した。

「あそこに置いてあった週報は、去年のいま頃のものでした」

「ああ、わかっている。今週分をつくるための参考にしたんだろう」

「牧師はパソコンのデータが消えて気落ちしていたといいますから、おそらくそうでしょうね。それで刑事さん、ここをみてください」

鮎沢は行事の予定が書かれた箇所を指した。「お茶会・十二月六日」とあり、その前には、「老人ホーム楓《かえで》（小松町、葉山ルツ姉《し》入居）訪問・十一月三十日」とある。

「……そういうことか」

鮎沢のいいたいことがわかった。

「飯塚清は、牧師の机にあった去年の週報を、今週のものと思い込んだ」

「その可能性が高いと考えました」

押越はリーフレットを折りたたみ、表紙にあたるページをみたからこそ発行年月日に気づいたが、そのページは開かれた状態では裏になっていた。それでも古い教会員なら過去の週報のものと気づき得ただろう。

だが来会歴の短い飯塚は、内容を読んでもそれと気づかず、つくったばかりの最新号が置かれているものと思い、行事の日程を頭に入れてしまったのだ。今朝、受付で新しい週報を受けとったはずだが、雑用で忙しかった彼は、それに目をとおす時間がなかったのだ。

「牧師が週報をつくろうとしてデータの消失に気づいたのは昨日です。そのとき過去の号を引っぱりだしたのでしょうから、飯塚さんが掃除にきたという一昨日の時点で、目にする機会はなかったはずです」

「つまり彼は昨日も教会にきていた。それなのに、きていないと嘘をついた」

「坂の途中で、ぼくはこの疑問を飯塚さんに投げかけました。回答はありませんでした」

「なかった?」

「はい。それ以上事件のことは話していません。ですから飯塚さんは、自分の意思で、自首を決めたんです」

押越は少し迷ったが、鯱沢にここまで話させた以上、こちらの情報をなにも知らせないわけにはいくまいと考えた。

「飯塚清は、鎌足大地が参加していたアルコール依存症者の復帰支援団体から支援を受けている人物だった。要は、彼自身が治療中の患者だったんだ。教会での雑務は、本格的な社会復帰の準備として、牧師から提供された仕事だったらしい」

「……そうでしたか」

「飯塚の供述では、昨日の夕方、娘の結婚祝いにでかける直前、彼は教会を訪れた。依存症から立ちなおり、娘と再会できる感謝を、牧師にあらためて伝えたかったという。牧師がいなかったので、彼は事務室で少し待った」

古い週報を目にしたのは、多分このときだろう。

「やがて戻ってきた鎌足牧師の手を握り、飯塚は礼を述べた。そのとき牧師の表情が変わった。彼は飯塚に『酒を飲んだのか？』と詰め寄ったそうだ。飯塚は冗談だと思いつつ否定したが、相手の目は真剣だった。突然『いままでの努力を無駄にするのか！』と激昂《げっこう》し、飯塚の肩を揺さぶった。飯塚は驚いたし、恐怖もあった。しかしなにより、悲しかった。誰より信頼を寄せ、ともに頑張ってきた鎌足牧師が自分を信じてくれないことに、失望した」

彼は、振り払うように、牧師の身体を突き飛ばした。

「飯塚さんは、ほんとうにお酒を飲んでいなかったんですね？」

「飲んでいないといっている。ひとつ考えられるのは、彼は昨日家をでる前、祝いの席でがっつくようなことにならないよう、近所からもらった干し柿を食べたそうだ。熟柿《じゅくし》くさい……という表現がある。酒を飲んだ人間の息を喩《たと》えたものだ。牧師は飯塚の甘い息を、アルコールによるものと勘違いしたのかもしれない。ただ、実際にそこまで似ているかという疑問はあるが……要はそれほど、牧師は飲酒に過敏になっていた。なにしろ彼は依存症によって引き起こされる悲劇を、被害者の家族として体験しているんだからな」

鯱沢はうなずきつつ、そこにもうひとつ解釈を加えた。

「依存症者がいつまでもアルコールの誘惑と闘いつづけなくてはならないように、鎌足牧師もまた、彼らに対する負の感情と闘いつづけていたのではないでしょうか？　昨日ねじふせた恨みが、今日は信仰を飲み込もうと頭をもたげてくる。ピンと張ったはずの足場のロープが、いつの間にかゆるんでいる……毎日が葛藤だったのかもしれません」

押越は寝室でみたノートを思いだした。現実を受け入れ、亡き妻とともに信仰に生きようとした牧師の、苦悩と闘いの痕跡――。ときに冷静な判断を失いかねない危険なバランスの上で、牧師は依存症者たちと対峙《たいじ》していたということか。

「……飯塚は、遺体を隣の集会室に隠した。せめて娘の結婚祝いが終わるまで事件の発覚を遅らせたかった。それが済めばすぐに自首するつもりだったが、自分のせいで娘の結婚が破綻する可能性を考えると、踏み切れなくなってしまったと話している。その背中を、あなたの質問が押した。ともかく、あとは裏づけをとれば即日逮捕だが……」

押越は、そこで言葉を切って立ちどまり、数歩先で振り返った鯰沢を睨《にら》んだ。

「鎌足申がみつかっていない。飯塚は、行方についてまったく知らないといっている」

「そうですか」

「佐野今日子と牧師館へ向かったとき、申の部屋に入ったな？」

「ええ」

「だったらベッドの下も覗いたんじゃないか？　なにしろクローゼットの死体をみた直後だ。申も殺害され、どこかに隠されているという可能性を考えたはずだ」

「はい」

「それなら目ざといあなたのことだ。本の函に気づかなかったとは思えないし、あれを現場の聖書と結びつけて考えなかったとも思えない」

「………」

「申は事件に関わっている。あなたはそれを知っていた。ちがうか？」

押越は相手が怯《ひる》むと思った。ところが飫沢は、押越を睨み返してきた。

「ぼくが申くんの居場所を推測したら、そっとしておいてあげることができますか？」

驚いた。この男、本気でいっているのだ。

「彼が父親の遺体を最初に発見し、にもかかわらず通報しなかったことは間違いないでしょう。なぜ通報せず、姿を消したのか。それは、申くんもまた時間を必要としたからです。誰にも邪魔されない時間がほしかったからです。彼は昨日、長い葛藤の末、ついに父親と話す決心をした。しかし、日曜礼拝の前日だというのに、何度教会を訪れてみても父の姿がない。胸騒ぎがした申くんは、ふだんなら覗かないような場所まで調べ、やがて父親を発見した。牧師の突然の死は、ふたりの対話の機会を永遠に奪いました。父の言葉をもう聞くことができない……彼は絶望したはずです。父親自身の言葉で、父親の心を理解することが叶《かな》わないのなら、そこに近づくために残された方法は、ひとつしかない。彼はそう考えた」

今日子の言葉を思いだす。彼女は、理解できなくても受け入れるのだといった。赦すのではなく、祈るのだといった。妻の死と、妻を殺した男の死に直面した鎌足牧師は、そうしたのだと。

「つまり申は、祈るための時間がほしかった。そしていまも、どこかで祈っている。そういうことか」

申は知っていた。悩み、苦しみ、祈り、そして自分を待ちつづけた父を――。

「……ちがうでしょうか」

鮎沢の声が急に小さくなった。自分の強気に照れたらしい。しかし、ここでやめられても困るのだ。

「居場所をあてるといったな」

「……あの教会は、以前は光の繭教会という名前でした。この地で盛んだった養蚕業にちなんでつけられたといいます。牧師館は、古民家だったそうですから、蚕を飼育していたと考えてもおかしくありません」

押越は牧師館の屋根を思い起こした。切妻造の家は三角屋根の傾斜に角度があるぶん屋根裏に高さのある空間が生まれ、蚕の飼育部屋としてつかわれた歴史がある。改築された牧師館は、外観から三階があるようにはみえないし、内部に昇降口や梯子《はしご》もみあたらなかった。窓がないのだから、部屋自体は失われているにちがいない。とはいえ屋根の形が変わっていないのであれば、スペースは残っている。昇降口を塞いだ天井部分をはずせるなら、容易にのぼることができるはずだ。

いわれてみれば単純なことだった。

「さて、どこから屋根裏にあがる……」

そう口にしたとき、直感がはたらいた。平積みの百科事典は、脚立《きゃたつ》の代わりになる。秘密の入口は、申の部屋の押入れの天井に――。押越は思わず笑った。

「聖書をクローゼットの扉の外に置いたのは、誰かに遺体を発見してもらうためか?」

「そうかもしれませんし、一度閉めてしまった扉を開けるのが怖かったのかもしれません。牧師の遺体は、後頭部の傷をさらしていましたから」

「聖書を父の傍《かたわ》らに置きたくなる気持ちはわかるが、なぜ自分の本をわざわざもってきた?」

「鎌足牧師は、亡くなった葵さんの聖書を愛用していたそうです。申くんはその聖書を、自分の祈りの場にもっていきたかったのではないでしょうか。そこには両親の書き込んだ文字があり、両親の読み込んだ痕が残っています。代わりに自分の聖書を、父親のそばに置いてきた」

「……ん? ちょっと待て。どうして牧師の聖書がもともとは鎌足葵のものだったなんてことを知っている?」

「帰る間際、佐野さんから聞いたんです。訊ねたわけでもないのに、急にそんなことを……」

「佐野今日子、か」

もしかして彼女はすべてわかっていたのではないか――ふと、そんな気がした。古くからの教会員なら、少なくとも屋根裏部屋があったことは憶えているだろう。そう考えれば、彼女が中を心配しているように感じられなかったことにも説明がつくように思われた。

「最後にもうひとつ。さっきあなたは、中が父親と話す決心をしたといった。なぜ、そうだとわかる？」

「それ以外に、彼が教会を訪れる理由がないと思うからです」

空を仰《あお》ぐ。胸が締めつけられた。

押越は想像する。窓のない屋根裏で、身を屈める少年を。

中は懐中電灯をたよりに、聖書の一文字一文字に指先をあて、必死になって意味をつかみとろうとしている。屋根の下だというのに、なぜか静かに雪が降り、聖書のなかの「罪」という文字をひとつずつ隠してゆく。雪はやがて中の身体につもり、いつしかそれは、蚕の繭になっている。懐中電灯の光が透けて、繭はうっすらと、オレンジ色に輝いている……。

不意に鮲沢が「蚕は……」と口にしたので、押越は驚いて目をむいた。自分の心が読まれたと思った。だが、そんなはずはない。無意識のうちに、声にだしてしまっていたのだろう。

「蚕は完全に家畜化された生き物で、幼虫は数センチしか離れていない桑の葉にも、自力でたどりつくことができません。成虫は、羽ばたいても飛ぶことができません」

「彼は……中は、そうはなるまい」

「ええ。そういいたかったんです」

雪は、明日にはすっかりなくなるだろう。それまでに中があらわれなければ、彼を迎えに屋根裏へいこう。彼は子どもで、おまけに空腹は、悪魔に付け入る隙を与えるのだ。いまはまだ、蚕のように面倒をみてやろう。押越は、そう心に決めた。

あとがき

　二〇一二年三月十五日、ぼくは会社からの指示で、ある講習会に参加していた。その午後の講義の途中、まったく唐突にミステリの筋を思いついた。学生時代ミステリにのめり込み、何本かの短編を公募の賞に投稿したこともあったが、作家になる夢はとうに諦《あきら》めていたはずだった。それなのに、帰宅したその夜からパソコンに向かって小説を書きはじめ、二週間後、書きあげた短編を、第九回のミステリーズ！新人賞に応募した。その作品は、最終選考には残らなかった。しかし、ひとつ手前の三次選考まで進んだことで、もう一度挑戦する気になった。

　当時ぼくは岩手県に住んでおり、二〇一一年に起きた震災と原発事故後の混沌とした状況に疲れていた。震災からおよそ一年が過ぎたその日に、ぼくが突然ミステリを書こうと思ったのは、失われてしまった日常を、過去から手繰《たぐ》り寄せてとり戻そうとする抵抗の試みであり、過去からとり寄せた種を、未来に向けて蒔《ま》いておく試みだったのかもしれない。

　翌年、幸運にも第十回のミステリーズ！新人賞を受賞したという報《しら》せを、ぼくは会社をやめて引っ越してきたばかりの北海道で受けた。

選評で指摘されたように、応募作の雰囲気は、愛してやまない泡坂妻夫《あわさかつまお》の亜愛一郎《ああいいちろう》を意識した。質の悪い物真似と判定されれば大きな減点だが、とぼけたセリフの応酬に真相への伏線を上手《うま》く配置することができれば、雰囲気自体がひとつのトリックとなって、ちょっとした意外性を与えられるかもしれないと考えた。当時のぼくは、ふざけた文章を書くことに自信があったのだ。

自分にとってのど真ん中に投げた球は、見逃されることなくきれいに打ち返されてスタンドに飛び込み、いまこうして、あとがきを書く機会を与えられている。

もう二十年も前になるだろうか、山手線の車内で、泡坂さんにお会いしたことがある。車内は空《す》いていたが、ぼくはドアの近くに立っていた。ある駅で、反対側のドアから泡坂さんが乗り込んできて、シートの端に腰掛けた。ぼくは数駅分の逡巡《しゅんじゅん》のち、近づいて握手を求めた。泡坂さんは快く応じてくださり、何事かと訝《いぶか》しんでいる隣席の若い女性に、「売れない作家をやっていましてね」と、照れくさそうに説明した。

おそらく泡坂さんは、少しお酒を飲んでいて、ぼくのほうに向きなおると、笑顔でペンを動かす仕草をみせた。(サインをしましょうか?)と、訊いてくれているのだ。しかしぼくは、紙もペンももっていなかった。そう告げると、泡坂さんは、自分からサインを申しでたことに大いに恥じ入った様子で、身を小さくしてしまった。

するとこのやりとりを聞いていた隣席の女性が、「これならありますけど……」といって、メモ帳とペンをさしだしてくれた。それはまさしく救いの瞬間だった。そうして「泡坂妻夫」のサインは、『セサミストリート』の陽気なイラスト入りメモ用紙に、赤色のインクで記された。

本連作で探偵役をつとめる鯱沢泉《えりさわせん》は、推理の場面で熱弁をふるったあと、そのことを急に恥じ入ることがある。そんな鯱沢を描くとき、ぼくのイメージに在ったのは、亜愛一郎というよりも、あの日の泡坂さんの、含羞《がんしゅう》の表情だったかもしれない。

【引用・参考文献】

『花鳥風月の日本史』　高橋千劔破《ちはや》著　河出書房新社
『身近な虫たちの華麗な生きかた』　稲垣栄洋著・小堀文彦画　筑摩書房
『フィールドガイド　日本のチョウ』　日本チョウ類保全協会編　誠文堂新光社
『昆虫の食草・食樹ハンドブック』　森上信夫・林将之著　文一総合出版
『聖書〈新改訳〉』（第三版）　新改訳聖書刊行会訳　日本聖書刊行会
『人間イザヤとその預言　21世紀へのメッセージ』　鍋谷堯爾《ぎょうじ》著　いのちのことば社
『教会役員ハンドブック』　楠本史郎著　日本キリスト教団出版局
『教会管理ハンドブック　牧師と役員のために』　伊藤隆夫著　ヨルダン社
『キリスト教のリアル』　松谷信司著　ポプラ社
『現代の法医学　改訂第3版増補』　永野耐造・若杉長英編　金原出版

解説

宇田川拓也（書店員）

舞台は、ホームレスを強制退去させてからひと月以上経った公園。

ある夏の夜、定年後のボランティアとして見回り隊に参加した吉森《よしもり》は、木陰のベンチで熱い抱擁《ほうよう》を交わす男女に退場を乞い、なにやら白いシートを拡げてカブトムシを採りに来たという怪しげな青年と、生垣の根元にうつ伏せで眠っていた自称「私立探偵」の男を追い払う。

ところが翌朝、公園で男の死体が発見される。生垣の下に全身が隠れるように横たわっていたのは、昨夜追い払ったはずの自称「私立探偵」——泊《とまり》だった。警察によると死因は二十メートルほど離れた石の腰掛けに頭を打ちつけたことによるもので、何者かが死体を引きずって動かした可能性も考えられるという。それにしても、なぜ公園から出て行ったはずの泊が、また公園内に舞い戻り不審な死を遂げるに至ったのか。死体が動かされたとするなら誰がやったのか。そもそもこの公園で、いったい何が起こっているのか。すると、あのカブトムシ採集に来たといっていた青年——魞沢《えりさわ》が、吉森につぎつぎと謎を解き明かしていく……。

というのが、第十回ミステリーズ！新人賞受賞作——櫻田智也「サーチライトと誘蛾灯」の内容である。本書は、この受賞作を表題に、昆虫好きのとぼけた青年——魞沢泉《せん》が探偵役を務め、〝昆虫〟が重要なモチーフになっている全五話を収録した、著者の第一作品集（二〇一七年十一月刊）を文庫化したものだ。

東京創元社のミステリ専門誌〈ミステリーズ！〉vol.61（二〇一三年十月）に初掲載された表題作を読んだときに覚えた感心と驚きは、いまも鮮《あざ》やかに記憶している。

まず〝感心〟したのは、読み手をたちまち惹き込むその軽妙な語り口だ。才能には研鑽《けんさん》や経験を重ねることであとからでも伸ばせる技術的なものもあるが、この語りの魅力はそう簡単には真似《まね》のできない感性やたしなみに由来するものであり、第一線で活躍するミステリ作家にも負けない充分な強みになっている。

選評を確認してみても、

「冒頭から泡坂妻夫ふうの、とぼけた遣り取りにたちまち引き込まれる」（新保博久）

「これは何よりもユーモアに富んだ語り口がいい。（略）オフビートな会話のバトンの受け渡しの呼吸が絶妙で、その空気の移り変わりそのものがストーリーを展開させる」（法月綸太郎）

「読んでいて楽しい。読み終えれば、この小説のことを誰かと話したくなる」（米澤穂信）

と、高く評価されている。

そして〝驚き〟はというと、抜粋した新保博久氏の選評でも触れられている、泡坂妻夫作品を思わせる作風だ。

筆者は故あってミステリ新人賞の一次選考をいくつか担当させていただいているのだが、応募原稿を拝読していると、無意識であれ意図的であれ、先人の作家や先行作品の影響を感じさせる作品は少なくない。しかし、ふたたび新保氏の選評を振り返るが「連城（三紀彦。解説者補足）フォロワーの作家志望者はほかにもいるらしいけれども、連城作品がある意味、外形から真似しやすい作風なのに対し、泡坂作品は真似手が少ない。というか初めて読んだ」と述べられているように、泡坂妻夫作品を意識した、しかもここまでわかりやすくあのレジェンドの衣鉢《いはつ》を継ごうとする野心的かつリスペクトあふれる作品は真《まこと》に珍しく驚かされた。魞沢のブラウン神父型のキャラクターも、雲や虫の写真ばかり撮っている青年カメラマン——亜愛一郎がもとになっていることは明らかである。

また泡坂作品に親しんだ方なら、舞台は公園、隠されるように置かれた死体、公園でなにが起こっているのかわからない謎——といった共通点から、『煙の殺意』に収録された「紳士の園」を想起するはずだ（米澤氏の選評にも、ロジックの一部がほぼ同一であることを選考委員全員が指摘したとある）。とはいえ、単なる模倣に終わらず、軽やかな味わいに乗せて作中に配された数々のピースが終盤で嵌《はま》るべきところにつぎつぎと嵌っていく気持ちよさと、「紳士の園」とは異なる地に足の着いた真相は、読めば読むほど丁寧《ていねい》かつ巧みに作り込まれていることが窺え、さらに「あとがき」に目をとおせば評価がぐんと高まるに違いない。

そのほかの収録作にも触れていくと、「ホバリング・バタフライ」（初出〈ミステリーズ！〉vol.78／二〇一六年八月）の舞台は、観光地化を図るも失敗し、管理を巡って地元住民たちの間で諍《いさか》いがあった高原。ある目的のため五年ぶりにこの地を訪れた女性が、蝶を採りに来ていた鮴沢からふいに告げられる現在進行形の犯罪、そしてラストの神秘的な美しさが印象的だ。

「ナナフシの夜」（初出〈ミステリーズ！〉vol.80／二〇一六年十二月）は、北森鴻や鯨統一郎作品と並べたくなるバー・ミステリの好篇だ。静かな住宅街で起きた、妻が夫を刺し殺した事件。ふたりは前日、街外れのバー〈ナナフシ〉を訪れていたのだが、たまたま店にいた鮴沢だけが見抜いていた秘密、そして殺人の皮肉な起因が切ない。

「火事と標本」（単行本に書き下ろし収録）は、収録作のなかでも白眉《はくび》といえる傑作だ。旅先で火事を目撃した鮴沢に宿の主人が語る、少年時代の苦い思い出。写真家志望の青年が彼に昆虫標本を遺して焼死した顛末《てんまつ》を聞いた鮴沢は、この悲劇に隠された、思わず啞然《あぜん》とするような説を披露する。

青年が最後に遺したものの解釈が一変する衝撃、宿の主人が鮴沢の説から新たに思い描く推測と救いが深い余韻《よいん》を残す。本作は第七十一回日本推理作家協会賞短編部門にノミネートされ、日本推理作家協会 編『ザ・ベストミステリーズ２０１８』（講談社／二〇一八年五月）にも収録されている。

最終話「アドベントの繭《まゆ》」（単行本に書き下ろし収録）は、表題作の後日談的な要素も含んだ作品だ。雪の降る朝、教会の集会室のクローゼットに押し込まれた、牧師の変死体が発見される。扉の前には目印のごとく聖書が置かれており、さらに中学生の息子の行方がわからなくなっていたが、通報者である魞沢は、警察よりも先に犯人と真相を看破する。

魞沢の謎解きによって明かされ、浮かび上がる、信仰と贖罪《しょくざい》、赦《ゆる》しと恨み、祈りと答え。まさにブラウン神父型の探偵役にふさわしいエピソードといえる。

こうして五つの物語をとおして読むと、表題作では捉えどころのなかった魞沢のキャラが、よりいっそう愛すべき人物として厚みを増し、軽妙なテイストが深く重みのある真相との絶妙な調和を生み出していることに気づく。

さて、収録作をすべて読み終え、この将来有望な新鋭の作品をもっと読みたい――と思った読者諸兄も多いことと思うが、本文庫が発売される二〇二〇年四月現在、まだ櫻田智也二冊目の著書は刊行されていない。しかし肩を落とすなかれ。短編のストックは着々と増えているので、ざっとご紹介しておこう。

「緑の女」〈ミステリーズ！〉Vol.67掲載／二〇一四年十月）は、撲殺された女性准教授の顔一面が緑色に塗られていた謎を魞沢が解き明かす、昆虫がモチーフではない貴重なエピソードで、のちに『ベスト本格ミステリ２０１５』（講談社ノベルス／二〇一五年六月）にも収録された。

「追憶の轍《わだち》」〈ミステリーズ！〉Vol.69掲載／二〇一五年二月）は、散歩の途中で脳卒中を起こした友の死に仕組まれたものを感じた老人の孤独な探偵行を描いた、魞沢が登場しないノンシリーズ作品。

「蟬《せみ》かえる」（〈ミステリーズ！〉Vol.92掲載／二〇一八年十二月）は、十六年前、災害ボランティア活動中に青年が経験した不思議な出来事に、魞沢が思わぬ回答を示す。

「コマチグモ」（〈ミステリーズ！〉Vol.94掲載／二〇一九年四月）は、少女が交差点で巻き込まれた事故と団地の一室で起きた負傷事件に隠された真相に迫る内容なのだが、本稿執筆時に第七十三回日本推理作家協会賞短編部門にノミネートの吉報が飛び込んできた。

こうした作品が第二作品集としてまとめられる日も、そう遠くはないだろう。

今後、本格ミステリ界でも指折りの短編の名手として、櫻田智也の名が轟《とどろ》くことを期待せずにはいられない。

本書は二〇一七年、小社より刊行された作品の文庫化です。

検印
廃止

著者紹介　1977年北海道生まれ。埼玉大学大学院修士課程修了。2013年「サーチライトと誘蛾灯」で第10回ミステリーズ！新人賞を受賞。17年、受賞作を表題作にした連作短編集でデビュー。18年、本書収録の「火事と標本」が第71回日本推理作家協会賞候補になった。

サーチライトと誘蛾灯

2020年4月24日　初版
2024年6月7日　7版

著者　櫻《さくら》田《だ》智《とも》也《や》

発行所（株）東京創元社
代表者　渋谷健太郎

162-0814／東京都新宿区新小川町1-5
電　話　03・3268・8231-営業部
　　　　03・3268・8204-編集部
URL　http://www.tsogen.co.jp
萩原印刷・本間製本

ISBN978-4-488-42421-3　C0193

ぼくの名探偵は屋上にいた

ROOFTOP SYMPHONY◆Tetsuya Ichikawa

屋上の名探偵

市川哲也

創元推理文庫

◆

最愛の姉の水着が盗まれた事件に、
怒りのあまり首を突っ込んだおれ。
残された上履きから割り出した
容疑者には全員完璧なアリバイがあった。
困ったおれは、昼休みには屋上にいるという、
名探偵と噂の蜜柑花子を頼ることに――。
黒縁眼鏡におさげ髪の転校生。
無口な彼女が見事な推理で犯人の名を挙げる！
鮎川賞作家が爽やかに描く連作ミステリ。

収録作品＝みずぎロジック，人体バニッシュ，卒業間際のセンチメンタル，ダイイングみたいなメッセージのパズル

とびきり奇妙な「謎」の世界へ、ようこそ

NIGHT AT THE BARBERSHOP◆Kousuke Sawamura

夜の床屋

沢村浩輔

創元推理文庫

◆

山道に迷い、無人駅で一晩を過ごす羽目に陥った
大学生の佐倉と高瀬。
そして深夜、高瀬は駅前にある一軒の理髪店に
明かりがともっていることに気がつく。
好奇心に駆られた高瀬は、
佐倉の制止も聞かず店の扉を開けてしまう……。
表題の、第４回ミステリーズ！新人賞受賞作を
はじめとする全７編。
『インディアン・サマー騒動記』改題文庫化。

収録作品＝夜の床屋，空飛ぶ絨毯，
ドッペルゲンガーを捜しにいこう，葡萄荘のミラージュⅠ，
葡萄荘のミラージュⅡ，『眠り姫』を売る男，エピローグ

企みと悪意に満ちた連作ミステリ

GREEDY SHEEP◆Kazune Miwa

強欲な羊

美輪和音

創元推理文庫

◆

美しい姉妹が暮らす、とある屋敷にやってきた
「わたくし」が見たのは、
対照的な性格の二人の間に起きた陰湿で邪悪な事件の数々。
年々エスカレートし、
ついには妹が姉を殺害してしまうが——。
その物語を滔々と語る「わたくし」の驚きの真意とは？
圧倒的な筆力で第7回ミステリーズ！新人賞を受賞した
「強欲な羊」に始まる“羊”たちの饗宴。

収録作品＝強欲な羊，背徳の羊，眠れぬ夜の羊，
ストックホルムの羊，生贄の羊
解説＝七尾与史